Auf dich abgesehen

Daniel Höra, 1965 geboren, arbeitete nach der Schule am Fließband, war Möbelträger, Altenpfleger, Taxifahrer und TV-Redakteur. Sein Debüt „Gedisst“ wurde von der Presse hochgelobt, „Braune Erde“ wurde mit mehreren Preisen bedacht und vom Börsenverein des Deutschen Buchhandels 2012 in die Liste der 100 besten Kinder- und Jugendbücher aufgenommen. Daniel Höra lebt als freier Autor in Berlin.

Daniel Höra

AUF DICH ABGESEHEN

CARLSEN CLIPS

Außerdem in der Reihe *Carlsen Clips* lieferbar:
Alles zu viel
Dann geh doch die Welt retten
Herz über Klick
Ich weiß alles über dich
Ich will das nicht!
Immer on
Killyou!
Kopf runter, durchhalten!
Likes sind dein Leben
Mehr als ein Spiel
Total daneben!
Von wegen Freundschaft!
Wir sehen uns im Westen

Wir produzieren nachhaltig
- Klimaneutrales Produkt
- Papiere aus nachhaltigen und kontrollierten Quellen
- Hergestellt in Europa

FSC www.fsc.org
MIX
Papier | Fördert gute Waldnutzung
FSC® C021394

Auf Seite 16 wird zitiert aus »Deine Zeit« von Seed.
Seeed Publishing GmbH

Originalausgabe
Veröffentlicht in der Carlsen Verlag GmbH
Völckersstraße 14–20, 22765 Hamburg
Februar 2015

Lektorat: Gesa Kunter
Umschlagabbildungen: photocase.com © morningside
Umschlaggestaltung: formlabor
ISBN 978-3-551-31353-9

1

Vor drei Monaten, an einem Sonntagnachmittag im Mai kurz nach 17 Uhr, bin ich gestorben. Ich war mausetot.

Das muss man sich mal vorstellen, schneller als ein Blinzeln bist du weg vom Fenster.

Allerdings war ich nicht wirklich tot – es gab keine Leiche oder so. Ich starb einen anderen Tod, der nicht weniger endgültig ist: Ich war plötzlich abgemeldet bei meinen sogenannten Mitmenschen. Erledigt, fertig und aus. Keiner wollte mehr etwas mit mir zu tun haben oder mit mir gesehen werden. Ich wurde zum Schattenwesen und das kommt dem Tod ziemlich nahe.

Dabei fing die Geschichte ganz harmlos an. Mit einer Party kurz vor den Sommerferien. Unsere Klasse hatte eine Kneipe gemietet, das „Irre" in der Oranienstraße, in der Nähe unserer Schule.

Die Straßen Kreuzbergs waren voller Leute um diese Zeit. Touristen und Einheimische schoben sich hordenweise über die Bürgersteige. Checker machten am Straßenrand ihre Geschäfte. Das war mein Kiez, hier war ich aufgewachsen. Hier kannte ich jede Straße und jedes Haus und jede Menge Leute. Kreuzberg war ein Dorf und gleichzeitig der Mittelpunkt der Welt. Niemals würde ich von hier wegziehen.

„Ey, du Schwuchtel, bleib mal stehen", rief eine Stimme hinter mir und ich drehte mich langsam um. Ein BMX-Fahrer kam auf mich zugerast und machte dabei eine drohende Handbewegung in meine Richtung. Ich hob die geballten Fäuste. Die Touris sahen uns erschrocken aus den Augenwinkeln zu, vermutlich erwarteten sie jeden Moment ein Blutbad.

Der BMX-Typ bremste dicht vor mir. Wir standen wie zwei Pistoleros in einem Westernfilm da und starrten uns an. Dann musste ich grinsen, der Typ ebenfalls. Wir fielen uns in die Arme und taten, als hätten wir uns ewig nicht gesehen. So eine Show lieferten mein bester Freund Bix und ich öfter ab. Eigentlich hieß Bix Titus, aber Peppy hatte ihm in einem bekifften Moment diesen Spitznamen verpasst wegen seines Rades. Außerdem hasste Bix seinen richtigen Namen. „Ich bin ein römischer Kaiser und ihr müsst mir dienen", sagte er immer, wenn ihn jemand Titus nannte.

Ich kletterte auf die Hinterstützen von Bix' Rad, hielt mich an seinen Schultern fest und dann rasten wir los. Vor dem „Irre" standen schon ein paar aus unserer Klasse. Wir begrüßten Peppy, Noel, Gaspard und die beiden Oktay-Geschwister, Nurai und Mehmed.

„Na endlich, ihr Säcke", rief Peppy laut und grinste breit. „Haltet euch ran, ist nicht mehr viel da." Er war schon ziemlich hinüber und schwenkte sein Glas mit einer grünen Flüssigkeit drin. „Rotz", so nannten wir das Zeug: Wodka und grünes Brausepulver. Das „Irre" hatte extra für uns ein paar Liter davon gemischt. Aber man musste ziemlich aufpassen, denn der Wodka machte einen reichlich besoffen, während das Zuckerzeug einen aufputschte. Fiese Mischung. Ich durfte nicht zu viel davon trinken, ich hatte schließlich am nächsten Tag ein wichtiges Basketballspiel. Ich spielte bei Lok Kreuzberg – dem Kreuzberger Verein. Wir spielten in der Oberliga, da durfte man sich keine Schwächen erlauben, sonst war man draußen. Hin und wieder tauchten die Talentscouts vom Profi-Club ALBA BERLIN auf. Die meisten von uns wollten später mal ins Profilager wechseln. Deshalb nahm ich den Sport auch ziemlich ernst, achtete auf meine Ernährung und schlug selten über die Stränge. Ich trank sowieso kaum Alkohol, weswegen mich die anderen auch immer hochnahmen. Aber bei einer Party konnte ich mich schlecht rausreden, und als Peppy mir ein Glas Rotz in die Hand drückte, stieß ich mit den anderen an und nippte zweimal. Später würde ich den Inhalt irgendwo unbeobachtet entsorgen.

Wir tanzten, wir tranken, ich mittlerweile Wasser, dann ging ich mit Bix und Peppy raus, um ihnen beim Kiffen zuzusehen. „Annika sieht heute echt scharf aus“, sagte Peppy. Bix und ich grinsten uns an. Wir wussten, dass Peppy auf sie stand.

Als wir wieder drin waren, legte ich mein Handy auf einen Tisch neben dem Tresen, weil es in meiner Hosentasche drückte. Hier würde es niemand klauen.

„Coole Party“, schrie mir Bix ins Ohr und legte mir seinen Arm um die Schulter. Von der anderen Seite umarmte mich Peppy und dann versuchten sie eine Polonaise mit mir zu tanzen. Ich schüttelte sie lachend ab und tanzte näher an Mieke heran, die ich ziemlich aufregend fand. Sie kam aus Holland und war als Gastschülerin für ein Jahr bei uns an der Schule.

„Hey", rief sie und tanzte etwas näher. „Bix und Peppy sind schon ganz schön trunken", sagte sie mit ihrem niedlichen Akzent.

Sie war dicht an meinem Ohr, wobei ich rot wurde, weil wir uns noch nie so nah gewesen waren. Wir sahen den beiden zu, die sich aneinander festhielten, dabei versuchten das Gleichgewicht zu halten, und grinsten uns an. Ich wollte was Witziges sagen, aber mir fiel nichts ein.

„Schon ganz schön spät", sagte Mieke plötzlich. „Ich muss gleich gehen."

„Ich auch", sagte ich und nahm all meinen Mut zusammen, um Mieke zu fragen, ob ich sie nach Hause bringen dürfe. Sie lächelte.

„Das wäre nett, aber meine Gastmutter kommt mich gleich abholen", sagte sie. Ich winkte ab. „Hey, du könntest doch mitfahren", schlug Mieke vor. „Wir setzen dich zu Hause ab."

Ich ging mit Mieke vor die Tür, um auf ihre

Gastmutter zu warten. Nachdem wir uns noch ein bisschen über die Party unterhalten hatten, schwiegen wir und sahen jeder in eine andere Richtung. Ich beobachtete Mieke verstohlen aus den Augenwinkeln. Ihr kupferfarbenes Haar leuchtete im Schein der Laternen. Direkt auf der Nasenspitze hatte sie vier Sommersprossen sitzen, die wie ein Halbmond angeordnet waren. Ich lachte, weil ich an eine Bande von Maikäfern denken musste, die im Kreis hockte, um Unsinn auszuhecken.

„Was ist?", fragte Mieke und lachte ebenfalls.

„Nichts", sagte ich und musste noch mehr lachen. Mieke richtete ihre grünen Augen auf mich.

„Du lachst mich doch nicht etwa aus?", fragte sie.

„Das würde ich nie", sagte ich ernst.

Mieke drohte mir scherzhaft mit dem Zeigefinger. Gerade wollte ich etwas sagen, da lenkte uns der Lärm von der Oranienstraße ab: Ein schwarzer, fetter BMW hatte in der zweiten Spur gehalten und der Fahrer telefonierte in aller Seelenruhe. Das wütende Hupen der Wartenden ignorierte er einfach. Unwillkürlich tastete ich nach meinem iPhone, fand aber nur eine leere

Hosentasche. „Muss noch mal rein", sagte ich zu Mieke und zwängte mich noch einmal in den schlauchartigen Raum vom „Irre". Das Handy lag genau da, wo ich es hingetan hatte, und schien auf mich zu warten. Ich steckte es ein und winkte Bix und Peppy zu, die Arm in Arm über die Tanzfläche wankten.

Inzwischen war Miekes Gastmutter Ute angekommen. „Ah, da ist er ja", sagte sie und beugte sich über die Rückbank, um mir die hintere Tür zu öffnen.

„War es schön?", wollte Ute wissen, als sie angefahren war.

„Ja", sagten Mieke und ich wie aus einem Mund und mussten lachen. Ich überlegte krampfhaft, wie ich Mieke zum morgigen Spiel einladen könnte, traute mich aber nicht wegen Ute. Wie würde das denn aussehen?

Ich blickte auf mein Handy, das ich noch immer in der Hand hielt, und noch ehe ich darüber nachdachte, ging ich aufs Textfeld, tippte ein paar Worte ein und schickte sie ab. Kurz darauf piepte Miekes Handy, worauf sie in ihrer Handtasche kramte.

„Na, wer schreibt dir denn so spät", fragte Ute lächelnd. „Ein Verehrer etwa?"

Mieke lachte und sah auf ihr Handy. Sie las, stockte, las noch einmal und fing an eine Antwort zu tippen. „Das ist von Nurai wegen Mathe“, sagte sie währenddessen.

„Meine Güte, seid ihr langweilig“, sagte Ute. „Ihr kommt gerade von einer Party und tauscht euch wegen Schulkram aus?“

„Liebe Ute, deswegen ist auch nichts aus dir geworden“, sagte Mieke. Ute hatte eine Galerie in Kreuzberg und war sehr erfolgreich. Sie gab Mieke einen freundschaftlichen Klaps aufs Bein.

Mieke sah wieder auf ihr Handy, tippte einen letzten Buchstaben und drückte auf Senden.

Schnell versuchte ich noch auf lautlos zu schalten, doch zu spät, mein Telefon piepte und Ute, die mich im Rückspiegel ansah, fragte gespielt gelangweilt: „Sag es nicht. Es geht um Physik.“

„Fast“, antwortete ich. „Chemie.“

Ute verdrehte die Augen. Ich sah erneut auf mein Display. Da stand es, schwarz auf weiß: Sehr gern hatte Mieke geschrieben.

„Was seid ihr bloß für kleine Spießer“, sagte Ute und fuhr über eine rote Ampel.

2

Ich erwachte ziemlich gerädert, aber als ich an das bevorstehende Basketballspiel dachte, war ich schnell wach.

Im Wohnzimmer waren Mum, Papa und mein kleiner Bruder Flo bereits um den Frühstückstisch versammelt. An den Sonntagen frühstückten wir immer gemeinsam, darauf legten unsere Eltern Wert. In der Woche gingen wir oft getrennte Wege, weil alle ihren Tag zu unterschiedlichen Zeiten begannen. Manchmal maulte ich über den Sonntagsfrühstück-Zwang, aber eigentlich mochte ich es.

„Na, schön gewesen gestern Abend?“, fragte Mum, während sie mir einen Kakao eingoss.

„Sehr schön“, sagte ich und grinste übertrieben.

„Man sieht's dir an“, sagte mein Vater grinsend. „Sieh bloß zu, dass du zum Spiel fit bist.“ Ich nickte. Er hätte es gern gesehen, wenn ich Profi geworden wäre. Er hatte früher auch mal Basketball gespielt, war aber zu schlecht für eine Profikarriere, was ihn noch immer wurmte.

Jetzt hatte er ein schlecht laufendes Architekturbüro und lief ständig erfolglos Aufträgen hinterher. Das meiste Geld brachte Mum ins Haus.

Nach dem Frühstück fuhr ich zur Halle. Wir machten uns warm und warteten auf Johnny, unseren Trainer. Nach und nach trafen ein paar Zuschauer ein, wobei ich hoffte Mieke zu sehen, aber sie war nicht dabei. Als Johnny kam, besprachen wir noch ein paar Spielzüge, bevor es losging. Ich spielte unkonzentriert, weil ich bei jeder Gelegenheit die Sitzreihen nach Mieke absuchte.

„Gfeirt?", sagte Johnny in einer Spielpause. Er war bekannt dafür, nicht allzu viele Worte zu machen. Und das wenige, das er sagte, zu vernuscheln.

Ich schüttelte den Kopf. „Liebskummr?", fragte er. Ich lachte.

„Mach Rebounds!", sagte Johnny. Ich nahm mir vor, mich mehr zusammenzureißen. Ich war schließlich Angreifer und Mannschaftskapitän. Außerdem nahm ich jede Niederlage persönlich.

Nachdem wir einen Korb eingesteckt hatten, konterten wir. Wir überrannten unsere Gegner, die zu spät reagierten. Während wir uns abklatschten, suchte ich wieder nach Mieke, aber sie war anscheinend nicht gekommen. Dafür entdeckte ich meinen Vater, der bei kaum einem Spiel fehlte, und nickte ihm zu. Er hob den Daumen, um mich zu ermutigen. Ich lächelte und vertrieb den Gedanken an Mieke, doch schon nach dem ersten Angriff fragte ich mich, warum sie nicht gekommen war. Sogleich ließ ich mir vom Gegner den Ball abnehmen. Johnny verdrehte die Augen zur Hallendecke. Ich machte eine entschuldigende Geste und spielte weiter, diesmal ohne Patzer. Nach dem Spiel checkte ich mein Handy, aber es waren keine Nachrichten drauf. Ich duschte und fuhr mit Papa nach Hause.

Erst zu Hause bekam ich eine SMS von Mieke: Warum hast du das gemacht? Warum hatte ich was gemacht, fragte ich mich. Ich grübelte, ob ich irgendwas Blödes zu ihr gesagt oder mich komisch verhalten haben könnte, aber mir fiel nichts ein. Die SMS war bestimmt für jemand anderen, beruhigte ich mich und schrieb an Mieke. Was meinst du damit?

Es dauerte eine ganze Weile, bis ihre Antwort kam: Tu doch nicht so.

Ich saß auf dem Bett, starrte mein Spiegelbild in der Glasscheibe des Kleiderschranks an und fragte laut: „Wie tue ich denn?“ Keine Antwort.

Ich beschloss, Miekes SMS unter der Rubrik Komische-Mädchenstimmungen-die-kein-Junge-versteht abzulegen und hörte „Deine Zeit“ von Seeed.

Milch und Honig fließen, doch hinterm Haus ziehn Wolken auf … Passte zu meiner Stimmung.

Nachdem ich ein paarmal erfolglos versucht hatte Bix zu erreichen, gab ich auf und guckte mit meinen Eltern Tatort.

3

Unsere Schule war ein alter Klotz aus dem vorvorigen Jahrhundert und sah eher wie eine Burg aus, aber es war okay dort. Als ich die Stufen zum Eingang hochsprintete, schlug mir Jean aus der Parallelklasse die Tür vor der Nase zu.

Ich hielt das für einen Scherz, rief laut: „Danke, Jean!“, und nahm zwei Stufen auf einmal, weil ich spät dran war.

Alle waren schon im Klassenzimmer versammelt und sahen mich an, als ich den Raum betrat. Irgendwas lag in der Luft, man konnte es regelrecht greifen.

„Ist jemand zu Schaden gekommen?“, fragte ich scherzhaft, doch in diesem Augenblick kam Herr Leiser rein, dem wir den Spitznamen „Ruhesanft“ verpasst hatten. Nicht nur wegen seines Namens. Er war auch eine absolute Schlaftablette und hatte eine monotone, leiernde

Stimme, so dass man ihm unmöglich zuhören konnte. Was aber nichts ausmachte: Ruhesanft verlangte nicht viel und man bekam schon gute Noten, wenn man sich nur ein paar geschichtliche Daten merkte.

Als ich zu meinem Platz ging, bemerkte ich den Zettel dort. Ich schob ihn vorläufig in meine Hosentasche und überlegte, wer ihn mir geschrieben haben könnte. Ein Entschuldigungsbrief von Mieke? Ich sah zu ihr rüber, sie saß zwei Reihen schräg vor mir und beachtete mich nicht. Mieke würde mir keinen Brief schreiben, beschloss ich. Zumindest würde sie ihn bestimmt nicht einfach so auf meinen Tisch legen.

Ich faltete den Zettel auseinander und las ihn. Und las ihn noch einmal. Auch beim zweiten Mal verstand ich den Inhalt nicht. Wollte mich jemand auf den Arm nehmen? Auf dem Zettel stand nur ein Wort: Arschloch.

Ich prüfte, ob mich jemand beobachtete. Doch alle sahen stur nach vorn, wo Ruhesanft mit einer Pobacke auf dem Schreibtisch saß und seinen Text über den Kapp-Putsch runterleierte. Das musste ein schlechter Scherz sein, überlegte ich.

Jetzt fiel mir auf, dass Björn mich anstarrte, als wäre ich seine Beute. Und als ob er es kaum erwarten könnte, seine Zähne in meinen Hals zu schlagen. Mir wurde langsam etwas mulmig. Waren vielleicht Außerirdische gelandet, hatten die Gehirne der anderen weggefressen und durch Stroh ersetzt?

Dafür nickte mir Peppy zu, aber es fühlte sich für mich eher wie Mitleid an. So als ob ich krank wäre oder so etwas.

Nach dem Läuten gingen die anderen schwatzend raus, während ich noch eine Sekunde sitzen blieb. Ich sah Mieke nach, die gerade mit Birte durch die Tür verschwand. Auch Bix war schon weg.

Annika wischte auf dem Weg nach draußen meine Federmappe vom Tisch und ging weiter, als wäre nichts geschehen. Ich hatte gerade aus dem Fenster gesehen, deswegen war ich mir nicht sicher, ob sie es mit Absicht getan hatte. Annika! Das härteste Mädchen unserer Klasse, immer einen witzigen Spruch auf den Lippen, immer ganz vorn, wenn es darum ging, Scheiße zu bauen.

„Danke“, rief ich ihr nach und sammelte den Inhalt wieder ein, bevor ich ebenfalls rausging.

Annika hatte im Flur auf mich gewartet. Um sie herum, wie ein Fächer aufgereiht, ihre Freundinnen Grit1 und Grit2.

„Klärt mich jetzt endlich mal einer auf, was los ist?“ Ich versuchte locker zu bleiben, war aber ziemlich nervös.

„Guck mal, seine Unterlippe zittert“, sagte Grit1.

„Ich seh nix“, sagte Grit2 und beugte sich vor.

„Was soll der Scheiß?“, wollte ich wissen, bekam aber keine Antwort.

Die beiden glotzten mich mit großen Augen an, als wären sie zwei Forscher, die eine Laborratte beobachteten.

„Doch, sie zittert“, sagte Grit1 noch einmal und machte mit dem Zeigefinger an ihrer Lippe ein leichtes Zittern nach. „Ein ganz klein bisschen.“

„Schlechtes Gewissen würde ich sagen“, meinte Grit2.

„Oder er hat Schiss“, sagte Grit1.

Annika hatte währenddessen geschwiegen und mich nur böse angesehen.

„Was ist denn los?“, wollte ich noch einmal wissen.

„Das kriegst du wieder“, sagte sie durch die

Zähne gepresst und ging die Treppe runter. Die Grits sahen mich hämisch an. Dann drehten sie sich wie auf ein geheimes Stichwort gleichzeitig um und eilten ihrer Anführerin nach.

„Was meinst du denn?", rief ich hilflos hinter Annika her, doch sie war schon um die Ecke verschwunden und beachtete mich nicht mehr.

Ich musste Bix oder Peppy finden. Vielleicht konnten die mir sagen, was hier falsch lief.

Ich fand sie in der Raucherecke zusammen mit anderen aus der neunten Jahrgangsstufe. Als ich näher kam, gingen ein paar weg, während andere mir den Rücken zudrehten. Bix und Peppy war es unangenehm, dass ich mich zu ihnen stellte, das merkte ich ganz genau.

„Was geht hier eigentlich ab?", fragte ich Bix.

„Was soll abgehen?", fragte er zurück.

Ich grinste unsicher.

„Was haben alle gegen mich?", wollte ich wissen, worauf Bix die Achseln zuckte. „Ich hab doch …", begann ich, doch bevor ich weitersprechen konnte, sah ich aus den Augenwinkeln jemanden auf mich zuhasten. Es war Björn. Er sah ziemlich wütend aus.

„Du blöder Wichser", keuchte er. Seine Gesichtszüge hatten sich vor lauter Wut um ein paar Millimeter verschoben, als hätte er einen epileptischen Anfall. „Du mieser Verräter", presste er hervor.

„Was willst du von mir?", fragte ich lauter als beabsichtigt, wodurch ein Pausenlehrer auf uns aufmerksam wurde.

„Damit kommst du nicht durch", sagte Björn im Weggehen.

„Ist der bescheuert?", fragte ich Bix, als Björn außer Sichtweite war.

Ich war kurz davor durchzudrehen. Was hatten die bloß alle gegen mich?

„Der kriegt sich schon wieder ein", sagte Bix und schob mich zum Eingang, als es zum zweiten Mal läutete.

In der Halle trafen wir Philip, Annikas Freund. Er kam auf mich zu und ich machte mich auf eine weitere Beschimpfung gefasst, da sagte er: „Danke, dass du mich über die Schlampe aufgeklärt hast." Er sah sich um, ob uns niemand belauschte. „Ist mir egal, was die anderen denken, ich finde in Ordnung, was du getan hast. Das ist wie bei diesem Typen, den sie in den USA eingesperrt haben, weil er die miesen Tricks der Regierung an die Presse verraten hat."

Ich sah Philip ungläubig an. Hatte ich irgendwas verpasst? Eine Droge im Trinkwasser?

Philip hielt mir die Hand hin, die ich erstaunt schüttelte, bevor er in Richtung Chemielabor verschwand.

4

Der Rest des Schultages verlief ruhig, vor allem, weil kaum jemand mit mir sprach.

Auf dem Nachhauseweg bog ich in die Wiener Straße ab und ging Richtung Görli. Ich wusste, dass Mieke diesen Weg oft nach Hause nahm. Nachdem ich mich durch die Horde Dealer gekämpft hatte, von denen mir jeder irgendwelche Drogen andrehen wollte, sah ich sie tatsächlich Richtung Reichenberger gehen. Kurz bevor sie das Haus ihrer Gastfamilie erreicht hatte, holte ich sie ein. „Mieke, warte doch mal, ich wollte mit dir sprechen."

Sie blickte zu mir, zur Haustür, dann wieder zu mir, während sie gleichzeitig eine Bewegung zum Hauseingang machte.

„Nur kurz", beschwor ich sie.

Mieke stemmte die Hände in die Hüften und sah mich herausfordernd an. „Du hast zwei Minuten", sagte sie und sah auf ihre Uhr.

„Ich weiß nicht, was los ist, warum plötzlich alle gegen mich sind. Ich weiß einfach nicht, was ich getan haben soll", sagte ich.

„Das weißt du nicht?", fragte Mieke gespielt überrascht. „Komisch, du kamst mir gar nicht sehr trunken vor. Hast du alles vergessen? Du solltest dich lieber schämen."

Ich breitete die Arme aus und sagte: „Ich habe nichts getan, wofür ich mich schämen müsste."

„Und das Foto?"

„Das Foto?", wiederholte ich verdutzt. „Was denn für ein Foto?"

„Das Foto von Annika und Björn auf dem Jungsklo."

„Häh?", machte ich, worauf Mieke die Augen verdrehte. „Jeder hat es gesehen im Internet." Ich schüttelte den Kopf.

„Ihr Knutscher", sagte Mieke.

„Hm?"

„Das Küssen zwischen Annika und Björn. Und du weißt genau, dass beide andere Partner haben. Philip hat mit Annika Schluss gemacht, als er davon erfahren hat. Und Björn hat jetzt Streit mit seiner Freundin."

„Damit habe ich nix zu tun", versicherte ich Mieke.

„Was?“, fragte Mieke empört. „Du gibst es nicht mal zu? Dabei hast du ein Foto von den beiden ins Internet gelegt.“

„Das kann gar nicht sein“, protestierte ich.

„Das ist so gemein von dir“, sagte Mieke empört. „Das geht dich überhaupt nichts an, was zwischen Annika und Björn läuft. Und du schreist es in die Welt raus.“ Ihre Stimme war lauter geworden, ihre Unterlippe zitterte leicht, Mieke hatte Fahrt aufgenommen. „Du hast mich sehr enttäuscht, ich dachte, du bist nicht so wie die anderen Jungs.“

Mit diesen Worten ließ sie mich stehen und verschwand im Haus. Ich kam mir vor wie ein Idiot, der überhaupt nichts mehr verstand. Alles schien mir fremd. Als ob sich in der Realität ein Riss gezeigt hätte und dahinter eine fremde Welt. Eine ganze Weile stand ich da wie festgetackert, unschlüssig, was ich tun sollte. Ich versuchte nachzudenken, aber da war nur ein weißes Rauschen in meinem Kopf. Endlich raffte ich mich auf und ging weiter. Die Leute mussten ja denken, ich sei ein Verrückter. Ich malte mir schon aus, dass Mieke oder Ute die Polizei rufen würden. Und die würden mich dann in die Klapsmühle bringen.

Ich setzte mich ein paar Straßen weiter auf eine Bank und klickte mich durch die Fotos auf meinem Handy. Fast hätte ich es übersehen. Es war im Halbdunkel aufgenommen, aber man konnte Annika und Björn gut erkennen. Man konnte da auch nichts entschuldigen: Sie knutschten. Zack! Aus! Gut, dass ich saß, sonst hätte es mir die Füße weggezogen. Ich checkte mein Facebook-Konto. Tatsächlich, da war das Foto gepostet. Fett und entlarvend purzelte es mir fast entgegen. Dazu hatte ich 87 Kommentare.

So was wie du isst der lezte Apschaum.

Lass dich mal untersuchen, du krankes Hirn.

Deine Eltern hätten dich abtreiben sollen, du Misgeburt.

Und das waren noch die harmlosesten Sprüche. Jemand, den ich kannte, schrieb über mich:

Der hat sich bei Partys nie bekifft oder besoffen. Immer einen auf vernünftig gemacht. Komischer Typ.

Nach einer Weile gab ich es auf, die

Kommentare zu lesen. Es waren einfach zu viele. Die meisten Leute kannte ich nicht mal. Aber alle hatten das Bild geteilt und kommentiert und so wanderte es weiter und weiter und weiter quer durchs ganze Universum.

Merkwürdigerweise hatte ich 13 Freundschaftsanfragen. Die meisten hatten noch etwas dazugeschrieben.

Supa, das du diese verlogene Schlampe outest.

Die hat ihrn Freund betrogen, die soll ma die Schnautze halten.

Ich gab auf. Lauter üble Kommentare von seltsamen Gestalten, mit denen ich nicht befreundet sein wollte.

Ich schaltete das Handy aus. Was jetzt? Ich wusste nicht weiter. Das war mir noch nie passiert. Bisher hatte ich für jedes Problem eine Lösung gefunden und jetzt fühlte ich mich hilflos. Ich konnte auch niemanden um Rat fragen, ich wusste gar nicht, wie man das tat. Klar gaben mir meine Eltern hin und wieder Ratschläge und man konnte sie zum Beispiel bei Matheproblemen fragen, aber in diesem Fall …

Papa hatte uns immer wieder eingeschärft, unsere Probleme selber zu lösen. „Nicht rumstehen und warten, dass dir jemand hilft. Machen! Es sind schon Leute gestorben, weil sie darauf gewartet haben, dass sich ein Problem von selber löst." Das hatte ihm sein Vater eingeschärft und der hatte es von seinem und so weiter und so weiter. Dummerweise schien unserer Familie aber nicht bekannt zu sein, dass Probleme auftauchen konnten, für die es keine Lösung gab. Ich wusste jedenfalls keine.

Den Rest des Tages verbrachte ich in meinem Zimmer und hörte Musik. Leslie Clio! Die hatte ich mir extra besorgt, weil ich wusste, dass Mieke die gut fand. Ich hatte die CD mittlerweile so oft gehört, dass ich sie auswendig konnte. Irgendwann döste ich ein.

Das Klopfen an der Tür weckte mich. Mum stand mit dem Telefon draußen. „Bix! Er will mit dir reden."

Ich nahm den Hörer entgegen und hörte Bix' Schnaufen. Ich wartete darauf, dass er etwas sagen würde, aber er schwieg und schnaufte. Ich hörte ihn mit jemandem im Hintergrund sprechen, dann ging das Geschnaufe weiter.

„Was soll denn das werden?", fragte ich nach

einer Weile. „Willst du mich in den Wahnsinn treiben?"

Bix lachte. „Ich dachte, du bist gar nicht dran, Alter, weil du nicht gesprochen hast."

„Mir hat's die Sprache verschlagen", sagte ich, was auch so halb stimmte, nach den heutigen Erlebnissen. „Was willst du?", fragte ich und versuchte möglichst cool zu klingen.

„Ich dachte, wir reden mal drüber", sagte er und klang wie ein Arzt, der seinen Patienten auf eine tödliche Krankheit vorbereitet.

„Hör mal, ich war das nicht. Ich weiß nicht, wie das Foto auf mein Handy gekommen ist. Und vor allem habe ich es garantiert nicht bei Facebook gepostet."

Bix schwieg, als würde er nachdenken.

„Ich würde dir ja gern glauben, aber das ist echt schwer. Die Beweise sprechen gegen dich." Jetzt klang er wie ein Fernsehkommissar.

„Scheiß auf die Beweise, ich war das nicht."

„Pass auf", begann er. „Ich sitz hier gerad mit Peppy und wir dachten, wir könnten ja mal bei dir rumkommen."

„Und dann?", fragte ich. „Was soll das bringen, wenn ihr mir sowieso nicht glaubt."

„Jetzt heul mal nicht gleich", gab Bix zurück.

„Wir überlegen uns was.“

Peppy rief aus dem Hintergrund: „Wir drehen uns eine fette Tüte und dann fällt uns schon was ein.“

„Lieber nicht“, sagte ich. „Ich habe schon genug Ärger.“ Aber sie ließen sich nicht überzeugen.

Als es kurz darauf klingelte, war ich vor Mum an der Tür, damit sie sie nicht ausfragen konnte.

In meinem Zimmer hockten sich die beiden aufs Bett und sahen mich mit großen Augen an, als erwarteten sie von mir die Antwort auf einfach alles.

Bix räusperte sich. „Also jetzt mal eins nach dem anderen. Du sagst also, dass du das Foto nicht geschossen hast, richtig?“ Ich nickte. „Dann hat es jemand anderes gemacht.“ Ich nickte wieder. „Mit deinem Handy.“ Nicken.

„Moment mal“, rief ich. „Das Handy war eine Weile allein.“

Peppy lachte. „Vielleicht war es auf dem Klo, um sich mal eben frisch zu machen, und da hat es dann Björn und Annika gesehen und sich gedacht …“

„Halt doch die Klappe“, rief ich wütend. „Wenn du so einen Stuss redest, kannst du auch gleich gehen."

Ich erzählte den beiden, dass das Handy fast den ganzen Abend auf einem Tisch neben der Theke gelegen hatte.

„Und dann hat es jemand genommen und damit das Foto geschossen", ergänzte Bix. Peppy schwieg.

„Und hat das Foto danach auf Facebook gepostet", fuhr Bix fort.

„Das kommt davon, dass ihr Nerds dauernd eingeloggt seid", krähte Peppy dazwischen. Ich grinste schief.

„Es muss jemand aus der Klasse gewesen sein", sagte Bix nachdenklich.

Wir gingen ein paar Namen durch und überlegten, wem wir so etwas zutrauen würden.

„Vielleicht Philip", schlug Peppy plötzlich vor.

„Der war gar nicht da", sagte Bix. „Der ist doch gar nicht in unserer Klasse."

„Ich weiß", überlegte Peppy weiter. „Aber vielleicht hat er was geahnt und ist Annika hinterhergeschlichen und da hat er sie auf dem Klo mit Björn überrascht."

„Das hätten wir gemerkt", sagte ich. „Außerdem hätte Philip bestimmt kein Foto gemacht. Das ist ja auch ziemlich peinlich, wenn seine Freundin mit einem anderen rumknutscht."

Wir überlegten hin und her, aber uns fiel niemand ein, der in Frage käme.

Da das Ganze ergebnislos blieb, drehten sich die beiden eine Tüte und wir guckten Wrestling auf dem Sportkanal. Peppy stand da total drauf. Vor allem die mexikanischen Wrestler mit ihren irren Masken hatten es ihm angetan.

Gegen zehn schickte ich die beiden nach Hause und ging ins Bett. Schlaflos wälzte ich mich hin und her. Da fiel mir ein, dass ich mal auf meiner Facebook-Seite nachsehen sollte. Vielleicht war das Problem ja inzwischen weg.

Mittlerweile hatte ich 102 Benachrichtigungen. Fünf Freundschaftsanfragen waren dazugekommen. Ich las ein paar Kommentare. Der Ton war immer der gleiche. Das Wort „Schwuchtel" tauchte mehrmals auf. Auch „Verräter" oder „Opfer" waren öfter vertreten.

Nicht das Problem, sondern die Lösung sein, rotierte es in meinem Kopf. Also schrieb ich drauflos:

An alle: ICH HABE DIESES FOTO NICHT GEMACHT.

Jemand hat mein Handy genommen und Annika und Björn fotografiert. Ich weiß, dass ich das schwer beweisen kann, aber ich war es nicht. Viele von euch kennen mich. Ich bin immer ehrlich gewesen. Derjenige, der das Foto gemacht hat, soll sich bei mir melden. Ich bin dir nicht böse. Aber wir müssen das Problem lösen. Hilf mir dabei. Robert

Ich musste nicht lange auf eine Reaktion warten:

Du feiges Opfer.

Häng dich auf.

Heulsuse!

Erklärungen nutzten offenbar gar nichts! Und so sah ich mir das Foto von Annika und Björn genauer an. Vielleicht spiegelte sich der Fotograf ja im Hintergrund, aber ich erkannte nichts. Ich las die Kommentare aufmerksam. Vielleicht würde sich der Schuldige ja durch ein Detail verraten. Nichts. Ich studierte die Facebook-Profile einiger Kommentatoren. Ich sah mir unzählige Fotos an, Videos. Las Grüße, Statusmeldungen, Veranstaltungshinweise. Ich entdeckte einen Hakan, der mit Annika befreundet war, dann fiel mir auf, dass Hakan auch mit Grit2 befreundet war und die wiederum mit Philip, der mit Björn befreundet war. Am Ende waren alle miteinander befreundet. Ich gab auf, das hatte doch keinen Sinn. Mit einem leichten Seufzen schaltete sich der Rechner aus und ich ging schlafen. Zumindest versuchte ich es, doch stattdessen überlegte ich, wer meine Feinde waren. Mir fiel niemand ein. Ich war überall beliebt. Zumindest war ich es bis vor zwei Tagen gewesen.

5

In der Küche saß nur Flo und kaute auf einem Marmeladenbrötchen rum.

„Wo ist Mum?“, fragte ich.

„Die ist schon los. Die hat Frühdienst“, sagte er. Als Schichtleiterin verbrachte Mum im Altenheim fast mehr Zeit als zu Hause. Genau wie mein Vater, der meistens als Erster das Haus verließ und als Letzter wiederkam. Ich schnappte mir ein Knäckebrot, beschmierte es mit Butter und Honig und legte es wieder weg, weil ich merkte, dass ich gar keinen Hunger hatte. Stattdessen trank ich nur einen Schluck Tee.

„Du bist ganz schön weiß“, sagte Flo. „Wie ein Gespenst.“

„Was geht dich das an?“, schimpfte ich, haute meine Tasse auf den Tisch, dass der Tee rausschwappte, und knallte die Küchentür hinter mir zu.

Auf dem Weg zur Schule traf ich ein paar

Bekannte, die taten, als ob sie mich nicht sehen würden. Auch vor der Schule grüßte mich keiner. Mieke ging an mir vorüber, doch sie sah mich nicht an. Auf dem Weg ins Schulgebäude liefen Bix und Peppy ein paar Schritte hinter mir, als würden sie nicht dazugehören. Fast alle warfen mir böse Blicke zu oder tuschelten miteinander, wenn sie mich sahen.

Die erste Stunde verlief noch einigermaßen normal, wenn man mal davon absah, dass Annika zum zweiten Mal meine Federmappe vom Tisch warf und sich der ganze Inhalt auf dem Boden verteilte.

„Ups", sagte sie im Vorbeigehen, während die Grits kicherten.

Im Sportunterricht beim Fußball grätschte erst einer in mich rein, dann rammte mir jemand seinen Ellenbogen in die Rippen. Ich humpelte vom Spielfeld, hockte mich auf die Bank und sah den anderen zu.

Nach dem Duschen waren meine Klamotten weg. Am Ende fand ich sie im Mülleimer der Mädchenumkleide. Irgendwer hatte alte Milch drübergekippt. Mit nasser Hose und säuerlich stinkend ging ich zu Chemie. Dort ging das Spielchen weiter. Als ich vom Klo wiederkam, waren meine Versuchs-Chemikalien durcheinandergemischt, was mir Ärger mit Herrn Storch einbrachte. Da meldete ich mich krank und ging nach Hause.

Flo war noch in der Schule, die Eltern arbeiten. Ich tigerte unruhig durch die Wohnung. Auf keinen Fall würde ich mein Facebook-Konto checken. Stattdessen ging ich schließlich spazieren. Ohne darüber nachzudenken, landete ich vor Miekes Haus. Da stand ich eine Weile und fragte mich, was ich da eigentlich tat. Mieke glaubte mir ja nicht mal. Und doch war es mir wichtig, was sie von mir dachte, musste ich mir eingestehen. Ich rief sie an und fragte, ob sie kurz mal runterkommen könne. Sie zögerte, sagte aber Ja.

Kurz darauf kam sie vor die Tür. Sie stellte sich mit einem Bein auf den Fußweg, mit dem anderen in die angelehnte Tür, um jederzeit wieder verschwinden zu können.

„Was willst du?“, fragte sie.

„Kannst du nicht ein paar Minuten mit mir spazieren gehen?“, bat ich sie.

Sie sah mich von oben bis unten an und ich war mir sicher, sie würde jeden Moment wieder reingehen.

„Bitte“, flehte ich.

„Okay, ein paar Minuten“, sagte Mieke.

Zuerst gingen wir schweigend, während ich überlegte, wie ich das Gespräch beginnen sollte.

„Du hast ja ganz schön fiese Kommentare gekriegt. Und so viele“, brach Mieke das Schweigen.

„Und gleichzeitig bin ich plötzlich total beliebt. Du musst mal sehen, wie viele Freundschaftsanfragen ich gekriegt habe“, sagte ich in einem Anflug von Galgenhumor.

Mieke lachte. Wir sahen in die Sonne und liefen nebeneinander her.

„Annika ist stinkend sauer“, sagte Mieke nach einer Weile. „Das Foto hat ihr alles kaputt gemacht.“

„Das hat sie selber. Hat sie doch niemand gezwungen mit Björn rumzuknutschen. Sie war ja schließlich mit Philip zusammen“, sagte ich schärfer als beabsichtigt.

„Jawoll“, rief Mieke, straffte sich und salutierte. „Ein Deutscher macht keine Fehler.“

„So meine ich das nicht“, lachte ich.

„Sie ist jetzt die Schlampe für die anderen“, sagte Mieke. „Annika hat mir erzählt, dass sie ganz viele ätzende Kommentare gekriegt hat.“

Darüber hatte ich noch gar nicht nachgedacht.

„Tut mir leid für sie“, sagte ich. „Ich habe trotzdem nichts damit zu tun. Irgendjemand hat mein Handy genommen und dieses Foto gemacht. Ich war es jedenfalls nicht.“

Mieke nickte langsam, als würde diese Information erst jetzt in ihren Kopf einsickern.

„Und wer war es?“, fragte sie und sah mir prüfend ins Gesicht.

„Keine Ahnung. Wenn ich das wüsste, hätte ich doch schon was unternommen.“

„Das ist schwer zu glauben, dass jemand dein Handy nimmt und so was macht.“

„Ja“, sagte ich nur.

„Traust du es denn jemandem aus der Klasse zu?“, wollte Mieke wissen.

Ich überlegte, aber mir fiel niemand ein. Wir waren eine eingeschworene Gruppe.

„Glaubst du mir, dass ich es nicht war?“, fragte ich Mieke statt einer Antwort.

„Ja“, sagte sie vorsichtig nach einer Weile. „Warum solltest du dir die Mühe machen, mich zu überzeugen?“

Sie lächelte und mir fiel ein Stein vom Herzen.

„Was willst du jetzt machen?“, fragte Mieke.

Ich zuckte mit den Schultern. „Keine Ahnung. Irgendwann wird sich das schon wieder beruhigen. Ist doch nur ein Sturm im Wasserglas.“

„Ich würde eher meinen, ein Shitstorm“, sagte Mieke, worauf wir beide lachten.

6

Nach dem Training am nächsten Tag sprach mich Johnny, unser Trainer, an: „Muss mit dir redn."

Er wollte sicherlich über meine Leistung während des Spiels vom vergangenen Sonntag sprechen.

„Nix Schlimmes", sagte Johnny aufmunternd. „Diese Geschichte", begann er, brach ab und schaute mich durchdringend an. „Is ja deine Sache, was du in deiner Freizeit so treibst." Dann schwieg er wieder.

Ich nickte. Was wollte er mir denn eigentlich sagen?

„Du bis ein guter Spielr."

„Ja danke."

„Der Vorstand hats auch gesehn."

Der Vorstand hat was gesehen, überlegte ich, aber im selben Moment fiel es mir ein. Natürlich hatte es der Vorstand gesehen: das Foto und die

Kommentare. Ich war über Facebook mit Lok Kreuzberg befreundet und natürlich auch mit einigen aus meiner Mannschaft. Da blieb das nicht aus.

„Die wolln, dass ich mit dir spreche."

„Ja", sagte ich und versuchte ruhig zu bleiben.

„Is nich gut für den Verein", sagte Johnny. „Keine gute Werbung."

Zwei Sätze hintereinander. Das war ungewöhnlich für den Trainer.

Ich drehte fragend die Handflächen nach oben.

„Okay?", fragte Johnny.

„Okay", sagte ich nur, mehr brachte ich nicht raus. Dann war das Gespräch beendet. Ich rief Bix an, um ihm davon zu erzählen.

„Mach dir keinen Kopf", sagte er nur. „Das wird sich bald beruhigen."

Aber es beruhigte sich nicht. Ganz im Gegenteil. Die Kommentare auf meiner Seite waren mittlerweile auf 187 angewachsen, vier Freundschaftsanfragen waren dazugekommen. Ich hatte das Gefühl, jemand würde mit einem Stock in meinem Magen rumrühren, und schaltete den Rechner aus.

Offensichtlich hatte ich die Ordnung des

Universums irgendwie gestört. Dabei hatte ich immer versucht jedem gerecht zu werden. Klar machte ich Fehler, aber ich achtete immer darauf, dass niemand darunter zu leiden hatte.

Ich grübelte noch immer, als Mum nach Hause kam. „Bist du krank?“, fragte sie durch die geöffnete Tür.

„Nein, nur etwas müde.“

Ich hörte sie in der Küche rumoren. „Ich mache was zu essen“, rief sie.

„Keinen Hunger“, rief ich zurück.

„Nudelauflauf!“

„Ich will nicht“, rief ich.

Plötzlich erschien Mums Gesicht in der Tür. „Bist du sicher, dass du nicht krank bist?“ Sie kam näher, setzte sich neben mich und befühlte meine Stirn. „Warm bist du nicht. Ist etwas vorgefallen?“

Ich wollte Mum eigentlich nichts erzählen, aber dann brach die ganze Geschichte aus mir raus.

Sie guckte mich erst nur nachdenklich an. „Mhm“, seufzte sie schließlich ratlos. „Und wenn du Annika und Björn einen Brief schreibst und ihnen noch einmal erklärst, dass du es nicht warst …“

Ich musste lächeln. „Niemand schreibt heutzutage mehr Briefe. Und selbst wenn Annika und Björn mir glauben würden, die Geschichte ist völlig außer Kontrolle. Das ist wie eine Lawine, die niemand mehr aufhalten kann. Man kann nur in Deckung gehen."

„Übertreibst du da nicht ein bisschen? Als ich in deinem Alter war, gab es so was auch, dass man über andere hergezogen ist. Das ließ sich bei einem klärenden Gespräch aber bereinigen."

„Mum", sagte ich entrüstet. „Bist du wirklich so naiv? Da gibt es nichts zu bereinigen. Es steht im Internet."

Sie strich mir über den Kopf. „Warte mal ab, so schlimm wird es schon nicht sein. Und vielleicht kriegt der Schuldige ja auch ein schlechtes Gewissen und gibt sich zu erkennen."

Während des Abendessens blieb ich in meinem Zimmer und packte meine Schultasche. Es klopfte, mein Vater steckte den Kopf durch die Tür und sagte: „Deine Mutter hat erzählt, du hättest Ärger."

Mein Vater war der Letzte, mit dem ich darüber reden wollte.

„Das wird schon wieder", spielte ich das Problem runter.

„Hauptsache, dein Sport ist davon nicht betroffen."

„Was hat denn das eine mit dem anderen zu tun?", fragte ich.

„Ich meine nur, nicht dass deine Leistung beeinträchtigt wird."

Er stand noch eine Weile an der Tür, fragte ein paar Dinge, auf die ich halbherzige Antworten gab, um wieder zu verschwinden.

Ich rief Bix an, doch er ging nicht ran. Eine Stunde später rief er zurück. „Hab's nicht gehört", schrie er ins Handy. Im Hintergrund hörte ich Gelächter und Musik. „Wo bist du denn?", fragte ich. „Im ‚Irre'. Die anderen sind auch da. Wir …" Er brach ab, wohl weil er merkte, dass ich angepisst war. Mich hatte niemand gefragt, ob ich auch kommen wolle.

„Ich dachte, du hättest vielleicht Lust, vorbeizukommen und ein bisschen am Computer zu zocken", sagte ich.

„Ich muss noch bleiben", druckste Bix herum. „Kalli wollte noch mit Mathe rumkommen und mich abschreiben lassen. Du weißt schon."

Nein, wusste ich nicht, aber ich konnte es mir denken: Er hatte keine Lust, mit einem Loser wie mir abzuhängen.

7

Am nächsten Morgen blieb ich einfach im Bett. Als Flo reinkam, sagte ich, ich sei krank. Unsere Eltern waren zum Glück schon zur Arbeit.

Den Vormittag verbrachte ich mit Lesen. Und es gelang mir tatsächlich, so gut wie gar nicht an die ganze Geschichte zu denken. Ich schaffte es sogar, bis zum Mittag nicht auf Facebook zu gehen, dann aber war meine Neugierde zu groß geworden. Ich redete mir ein, dass sich ja vielleicht der Schuldige gemeldet hatte oder mir jemand einen Hinweis gab. Stattdessen waren es jetzt 222 Kommentare. Ich las nur ein paar. Der beste war:

Sie solten sich mal den Kopf untersuchen lassen. Wenn sie main Freund wären würd ich die Polizei holen. Dann komm sie ins Gefengnis.

Von einer Neunjährigen.

Ich schüttelte den Kopf. Ich musste diesen Irrsinn hinter mir lassen. Ab morgen würde ich wieder in die Schule gehen, nahm ich mir vor.

Dann fragte ich Mieke per SMS, ob sie nach der Schule vorbeikommen würde, um mir die Hausaufgaben zu bringen. Sie sagte zu. Vor mich hin singend machte ich mir einen Tee. Ich würde mich von diesem Scheiß nicht unterkriegen lassen. Die Welt drehte sich weiter.

Als ich auf dem Weg in mein Zimmer war, klingelte es. „Pizza!", rief eine Stimme.

Ich öffnete. Draußen stand tatsächlich ein Pizzabote, der einen Packen Kartons auf den Armen balancierte. „Für wen sind die?", fragte ich.

Der Pizzabote sah mich ungläubig an. „Sag nicht, ich bin im falschen Haus oder so was." Er sah auf unser Klingelschild, dann wieder auf mich. „Guter Witz", sagte er und hielt mir den Stapel entgegen.

„Ich habe nichts bestellt", sagte ich.

„Junge, ihr habt zwölf Pizzen bestellt. Mit allen Schikanen." Er stellte die Kartons auf die Treppe, holte seinen Bestellschein raus und hielt ihn mir vor die Nase.

„Ich habe keine bestellt“, versicherte ich ihm.

„Und was soll ich jetzt damit machen?“, fragte er und zeigte auf die Kartons. Ich zuckte mit den Schultern, der Pizzabote rief seinen Chef an, aber der wusste auch nicht weiter. Der Pizzamann schnappte sich wütend die Kartons. Da es fast Mittag war und Mieke vorbeikommen wollte, nahm ich ihm zwei ab und gab ihm ein fürstliches Trinkgeld.

Als es das nächste Mal klingelte, war es Mieke.

„Ich habe mich ein bisschen umgehört“, sagte sie, an einem Stück Pizza kauend. „Aber keiner weiß was.“

„Ich will mich nicht mehr damit beschäftigen“, sagte ich ebenfalls kauend. „In ein paar Tagen ist die Sache vergessen. Bis dahin halte ich den Ball flach.“

„Den Ball flach?“, fragte Mieke. Sie kannte diesen deutschen Spruch nicht.

„Na ja, so was wie abtauchen.“

„Abtauchen?!“

„In Deckung bleiben“, lachte ich. Sie sah mich fragend an.

„Cool bleiben, kein Risiko eingehen“, sagte ich. Das verstand sie.

Wir machten zusammen Hausaufgaben und saßen eng nebeneinander am Küchentisch. Mieke roch gut. Sie benutzte Parfüm, aber nicht so ein aufdringliches.

Plötzlich musste ich daran denken, dass Mieke nicht mehr lange in Berlin sein würde. Ihr Austauschjahr war fast vorüber und nach Beginn der Sommerferien würde sie zurück nach Holland gehen. Sie erzählte mir, dass sie die Ferien wie jedes Jahr in Zandvoort an der Nordsee verbringen würde. „Da ist es schön. Im Sommer trifft sich da unsere ganze Familie. Onkels, Tanten, Nichten, Cousins. Wir sind ganz viele Leute und haben ein großes Haus in den Dünen gemietet, wo wir vier Wochen Urlaub machen." Das klang toll.

Mum kam etwas früher von der Arbeit, sie hatte Flo vom Fußballtraining abgeholt.

Als sie Mieke sah, lächelte sie. „Das ist aber mal eine angenehme Überraschung. Ein Mädchen in unserer Küche." Mieke und Mum reichten sich die Hände. „Normalerweise sitzen hier nur Jungs und reden über Sport."

„Vorsicht, ich mag Sport", sagte Mieke.

Wir gingen in mein Zimmer, wo Mieke den CD-Stapel durchsah. Ich schmuggelte die Leslie-

Clio-CD unauffällig nach oben. „Die hast du auch?“, rief sie begeistert.

„Klar“, sagte ich lässig. „Die ist super. Höre ich ziemlich oft.“

Mieke legte die CD ein und setzte sich neben mich. „Ich finde es gut, dass du nicht aufgibst“, sagte sie und wippte mit den Füßen im Takt.

Als ich Mieke später zur Tür brachte, kam Mum aus der Küche. „Was hältst du denn von der ganzen Geschichte mit dem Foto, das Robert angeblich gemacht haben soll?“, wollte sie von Mieke wissen.

Mieke sah zu mir, dann zu Mum. „Das ist eine Sauerei“, sagte sie. „Aber man kann nicht viel machen. Robert hat Recht. Man muss den Ball flach treten.“

Mum sah sie fragend an.

„Cool bleiben.“

Endlich fiel der Groschen. „Ja, ihr habt sicherlich Recht, ihr beiden“, lachte sie.

8

Am nächsten Tag in der Schule schien sich alles etwas beruhigt zu haben. Ich hatte den Eindruck, dass das Getuschel und die bösen Blicke nachgelassen hatten.

Nach der dritten Stunde ging Annika an meinem Tisch vorbei. Ich hielt meine Federmappe fest, da wischte sie meine Hefte und Bücher vom Tisch. Aber das blieb der einzige Zwischenfall.

In der Pause hing ich mit Bix und Peppy auf dem Schulhof rum. Mieke winkte mir zu, ich winkte zurück.

„Was macht ihr heute Nachmittag?", fragte ich Bix.

„Och, ich weiß nicht, ich muss eigentlich lernen", druckste er herum. Lernen? Bix lernte nie. Was war los mit ihm?

„Was willst du denn lernen?", fragte ich. „Arbeiten werden jetzt kurz vor den Ferien nicht mehr geschrieben und die Noten stehen so gut wie fest." Er zuckte mit den Schultern. „Vielleicht kann ich ja noch ein bisschen punkten."

„Mhm", machte ich. „Und du, Peppy? Was machst du?"

Er verzog das Gesicht. „Meine Tante hat Geburtstag. Muss ich hin." Ich nickte. Da ich am frühen Abend Training hatte, machte ich mir keine großen Gedanken.

„14 Uhr im Prinzenbad", rief Nurai zu uns rüber. Bix winkte verlegen, während ich ihn wütend anstierte.

„Jetzt guck mich doch nicht so an, Rob. Ich hab's vergessen, okay. Ich weiß eh nicht, ob ich da hingehe. Ich wollte lernen. Sonst hätte ich mich doch bei dir gemeldet."

„Echt", sagte Peppy. „Ich meine …" Er brach ab.

„Wir dachten, ist vielleicht besser, wenn du momentan aus der Schusslinie bist", sagte Bix.

„Ja", fügte Peppy hinzu. „Alle haben sich auf dich eingeschossen. Deswegen dachten wir …"

„Dachtet ihr", sagte ich wütend. „Seid ihr meine Leibwächter oder was? Denkt ihr jetzt schon für mich?"

„Alter, über die Sache muss erst mal Gras wachsen“, versuchte Peppy sich zu verteidigen. „Apropos Gras, wir könnten einen bauen und dann …“

Wortlos ließ ich die beiden sitzen. Ich hatte mir eingebildet, dass die Sache langsam zum Ende kommen würde. Dass die anderen die Geschichte vergessen würden. Aber niemand vergaß. Ganz im Gegenteil. Auf Facebook hatte ich mittlerweile über 300 Kommentare.

In den nächsten Tagen wurde es in der Schule immer schlimmer. Bix und Peppy redeten nur noch das Nötigste mit mir.

Ich wurde beleidigt. Gedisst. Es ging gar nicht mehr um das Foto. Es ging nur noch darum, mich möglichst fies zu behandeln. Es war wie ein Virus, der jeden erfasste. Leute schlossen sich an, die überhaupt nichts mit der Sache zu tun hatten. Wahrscheinlich wussten die wenigsten von denen, um was es ursprünglich gegangen war.

Wenn ich morgens aufstand, hatte ich Bauchschmerzen. Ich verspätete mich, um möglichst niemandem zu begegnen. Ich ging in jeder Stunde mindestens einmal aufs Klo, was keinen Lehrer zu interessieren schien. „Schwache

Blase, Robert?", war der einzige Kommentar. Überhaupt hielten sich die Lehrer raus. Sie bekamen nichts mit oder sie wollten es nicht.

Die Einzige, die noch zu mir hielt, war Mieke. Wir trafen uns fast jeden Nachmittag, um gemeinsam Hausaufgaben zu machen. Hätte ich noch ein normales Leben gehabt, wäre ich mit Mieke ins Freibad gegangen oder in einen Club oder zum Eisessen. Ich hätte versucht sie zu küssen, ihre Hand zu halten. Aber momentan war ich nur froh überhaupt mit ihr zusammen zu sein. Ich war damit beschäftigt, nicht komplett auseinanderzufallen.

Mittlerweile kam es mir vor, als ob mich auch die Leute auf der Straße anglotzen würden. So, als hätte ich ein Schild an der Stirn: Hi, mein Name ist Robert. Ich bin ein Arschloch. Ich mache heimlich Fotos von anderen und stelle sie dann ins Internet.

„Du musst mit deinen Eltern reden", beschwor Mieke mich immer wieder.

„Das bringt doch nichts", war meine ewige Antwort. „Die arbeiten den ganzen Tag und haben andere Sorgen. Außerdem streiten sie in letzter Zeit dauernd. Mein Vater schläft auf dem Sofa."

„Du musst mit jemandem sprechen, der dir helfen kann", sagte sie.

„Mit wem denn?", wollte ich wissen.

„Geh zum Vertrauenslehrer."

„Zu Ruhesanft?", fragte ich grimmig. „Der ist doch total unfähig."

„Vielleicht unterschätzt du ihn", sagte sie.

Und so saß ich am nächsten Tag statt in Englisch bei Ruhesanft und trug ihm mein Problem vor. Er sah mich durch seine runden Brillengläser an, wobei er immer wieder eine Strähne seines dünnen Haares aus der Stirn strich.

„Ja, äh, Robert. Das klingt ja irgendwie furchtbar. Aber warum hast du das Foto überhaupt gemacht?"

Ich glotzte ihn mit offenem Mund an. Hatte er mir gar nicht zugehört? „Ich habe das Foto nicht gemacht", sagte ich genervt. „Darum geht es doch. Jemand anderes hat das Foto gemacht und dann ins Internet gestellt."

Er sah mich mit halb geschlossenen Augen an, als würde er nur mit einer Gehirnhälfte da sein. „Hast du schon mal darüber nachgedacht, dass du das Foto selber gemacht haben könntest? Du hast es vielleicht verdrängt. Oder waren Drogen im Spiel?"

Ruhesanft schien selber bekifft zu sein. Der kriegte ja gar nichts mit und ich bereute es schon, zu ihm gegangen zu sein.

„Jedenfalls sind jetzt alle gegen mich."

„Aha", sagte er nur.

„Ja. Niemand spricht mehr mit mir oder will was mit mir zu tun haben."

„Übertreibst du nicht ein bisschen?", fragte er. „Ich habe dich doch erst heute Morgen mit Mieke reden sehen. Und auch mit Annika."

„Ja, weil die meine Federmappe runtergeschmissen hat."

Ruhesanft kritzelte etwas auf seinen Zettel. Ich sah es direkt vor mir: Annika schmeißt Roberts Federmappe runter.

Langsam wurde ich wütend.

„Kapieren Sie eigentlich, was ich Ihnen erzähle?"

Er sah mich verwirrt an, als würde er gerade aufwachen. „Natürlich, Robert. Jedes Wort. Und ich nehme dich sehr ernst."

„Und was wollen Sie machen?", fragte ich ihn.

Ruhesanft dachte eine ganze Weile nach, bevor er sagte: „Ich denke, wir sollten ein Treffen mit allen Beteiligten arrangieren. Einen runden Tisch. Ein Gespräch ist immer das Beste."

Ich schüttelte zweifelnd den Kopf. „Meinen Sie?“

„Ganz bestimmt“, sagte er leise.

Nach dem Unterricht trafen Ruhesanft und ich Annika und Björn uns in der Schulbibliothek. Ruhesanft und ich auf der einen Seite des Tisches, Annika und Björn auf der anderen.

Nachdem Annika mich eine Weile – Kaugummi kauend – in Grund und Boden gestarrt hatte, sagte Ruhesanft: „Also Annika, dann beschreib doch Robert mal, wie es dir damit geht.“

Annika nahm ihr Kaugummi aus dem Mund und klebte es auf meine Schultasche, die neben dem Tisch auf dem Boden stand. Ruhesanft tat, als würde er das nicht mitkriegen.

„Robert ist ein Arschloch“, sagte sie nur und schwieg.

„Aha“, sagte Ruhesanft und machte sich eine Notiz.

„Und was meinst du dazu, Björn?“ Der zuckte mit den Achseln. „Annika hat schon Recht.“

Ruhesanft putzte ausgiebig seine Brille. „Was meint ihr denn, was wir machen können?“, fragte er.

„Von der Schule schmeißen“, sagte Annika knapp.

„Und du, Björn?“ Der zuckte wieder mit den Achseln.

„Was sagst du dazu, Robert?“

„Pfff“, machte ich nur. Ruhesanft dachte eine Weile nach. Dann sagte er zu Annika: „Du solltest Robert noch eine Chance geben. Mir scheint, dass er die Geschichte ziemlich bereut.“

Ich sah Ruhesanft fassungslos an.

„Mir scheint, die Fronten sind verhärtet“, fuhr Ruhesanft fort. „Ich weiß nicht, ob wir so weiterkommen? Ihr solltet schon etwas konstruktiver damit umgehen.“

Annika und ich starrten uns feindselig an. „Dann muss ich mir eben was anderes überlegen“, sagte ich wütend.

„Wie meinst du das?“, fragte Ruhesanft. Ich gab ihm keine Antwort. Ich hatte nämlich keine. Das war nur so dahingesagt. Aber ich war so sauer, dass ich aufsprang, meine Tasche schnappte und rief: „Ihr könnt mich mal.“ Das war natürlich kindisch, aber in diesem Moment konnte ich nicht anders. Es war, als ob ein rot glühender Hammer in meinem Kopf herumklopfen würde. Ich stürmte raus.

Annika rannte hinter mir her. „Robert, warte mal!“ Ich tat, als würde ich sie nicht hören, und ging einfach weiter. Hinter mir trommelten Annikas Stöckelschuhe über den Steinfußboden.

Ich stiefelte bereits die Treppe runter, Annika blieb oben stehen, lehnte sich über das Geländer und sagte: „Robert, ich wollte dir noch was sagen.“ Ich wartete auf dem Treppenabsatz und sah sie an.

„Ich müsste dir eigentlich dankbar sein.“ Sie machte eine Pause. „Wegen Björn und mir. Wir sind jetzt zusammen.“ Sie strich verlegen mit der Hand über das Holz des Treppengeländers. „Aber das ändert nichts daran, dass du Scheiße gebaut hast.“

„Ich war das nicht, verdammt noch mal.“

„Weißt du, ich finde das mit dem Foto gar nicht so richtig schlimm. Aber dass du nicht dazu stehst, das kotzt mich total an.“

„Ich war das nicht“, sagte ich ruhig, wobei ich jedes Wort betonte.

„Du bist ein feiges Arschloch, Robert“, sagte Annika, drehte sich um und verschwand, während ihre Absätze über den Steinfußboden klackerten, was für mich klang wie: Feiges Arschloch, feiges Arschloch, feiges …

9

Ich legte mir eine unsichtbare Rüstung zu. Versuchte die Geschichte wie etwas Unkontrollierbares zu betrachten. Wie eine lästige Krankheit, die irgendwann vergehen würde.

Meinen Mitschülern, auch Bix und Peppy, ging ich möglichst aus dem Weg. Bix hing jetzt mit Jamon rum. Sie machten einen auf beste Freunde. Auf Annikas Vorschlag hin trat ich als Klassensprecher zurück. Am Unterricht beteiligte ich mich kaum noch. Ruhesanft ließ mich seit unserem Gespräch in Ruhe.

Ich traf mich fast jeden Tag mit Mieke. Eines Abends küssten wir uns vor Miekes Haus im Schatten einer riesigen Kastanie. Kurz fühlte ich mich unbesiegbar. Doch ich wollte nicht, dass auch sie zur Zielscheibe wurde, und so achteten wir darauf, dass man uns in der Öffentlichkeit nicht zusammen sah.

Beim Basketballtraining konnte ich den ganzen Scheiß noch am ehesten vergessen. Zwar wusste dort jeder von der Geschichte, aber wir waren ein gutes Team und niemand nervte mich deswegen. Trainer Johnny hatte das Thema auch nicht mehr angesprochen und ich war sicher, dass es im Verein keinen mehr interessierte.

Dann kam, drei Tage vor unserem nächsten Punktspiel, die Ansage von Johnny. „ALBA kommt."

Mehr brauchte er nicht zu sagen. Bei unserem nächsten Punktspiel würden ein paar Talentscouts von ALBA zugucken. Als ich meinem Vater davon erzählte, wurde er ungewöhnlich ernst und sagte: „Vermassel das nicht. Das ist deine Chance."

Als der Tag gekommen war, schielte ich immer wieder in die Sitzreihen, ob ich jemanden von ALBA erkannte. Als mein Blick meinen Vater streifte, hob er den Daumen. Mieke war auch da und warf mir einen Kuss zu.

Ich gab alles während des Spiels. Es lief großartig und ich sah mich schon zum Probetraining bei ALBA eingeladen. Doch dann kam die Sache mit dem Banner. Blutrot, wie eine

Anklageschrift, war auf weißem Grund zu lesen: *Lok Kreuzberg: Verräter Robert auf die Strafbank!*

Irgendjemand hatte es über den oberen Sitzreihen befestigt. Johnny winkte mich an den Spielfeldrand. „Was 'n das?", fragte er und zeigte auf das Banner.

„Was weiß ich", sagte ich und wollte wieder rein.

Doch Johnny hielt mich fest. „Du bleibs erstma draußen."

Ich sah ihn wütend an. Auch wenn der Hausmeister das Banner schnell runternahm, hatte es jeder in der Halle schon gesehen. Den Rest des Spiels verbrachte ich auf der Reservebank.

Am Ende zogen die ALBA-Jungs ab, nicht ohne Arvid und Mehmet zum Probetraining eingeladen zu haben.

Die Rückfahrt mit meinem Vater verlief schweigend. Erst als wir das Haus betraten, sagte er mit mühsam unterdrückter Wut: „Was hast du bloß angestellt? Ich erkenne dich nicht wieder."

Ich wollte ihn fragen, warum er nicht auf meiner Seite stehen würde, stattdessen brach ich fast in Tränen aus.

„Das ist doch nicht meine Schuld“, schluchzte ich.

Er sah mich nur abschätzig an, sagte: „Hast du keinen Stolz?“, und stieg die Treppe rauf.

In den nächsten Tagen sprachen mein Vater und ich nur das Nötigste. Eines Morgens liefen wir uns im Flur über den Weg. „Ihr mit eurem dämlichen Social-Media-Kram. Das kommt davon, wenn man ständig anderen hinterherrennt. Dadurch hat man immer einen fremden Arsch vor der Nase. Und irgendwann scheißen sie dich zu.“ Ich ging nicht darauf ein.

Mum umschiffte das Thema, wann immer die Sprache darauf kam, und sagte, ich solle sie damit in Ruhe lassen, sie hätte gerade Stress und so schlimm sei das doch alles nicht. Früher oder später hätten die Leute genug davon, mich zu ärgern.

Aber so war das nicht. Zwar wurde es nicht schlimmer, aber es wurde auch nicht besser. Ich hatte mir mittlerweile angewöhnt mit Kopfhörern in die Schule zu gehen und Musik zu hören. Und das tat ich auch auf dem Schulhof, selbst in den kleinen Pausen, wenn ich nur zwischen zwei Klassenräumen unterwegs war. Dann hatte ich das Gefühl, unter Wasser in einem U-Boot zu leben und durch die Bullaugen nach draußen zu gucken. Ich gehörte nicht mehr dazu, ich war nur noch ein Beobachter.

Beim nächsten Training sagte Johnny, dass ich zwar gern weiterkommen könnte, aber er mich beim nächsten Spiel nicht einsetzen würde. Ich sah ihn ungläubig an. „Kommt von oben." Ich machte auf dem Absatz kehrt. „Is sowieso das letzte vor den Ferien", rief er mir tröstend nach.

Ich hatte immer weniger Lust rauszugehen, aber Mieke überredete mich. Mit ihrer Gastmutter Ute fuhren wir zum Baden an den Plötzensee.

„Du darfst den Kopf nicht in das Wasser stecken", meinte Mieke.

„In den Sand", verbesserte ich sie.

„Dann in den Sand. Aber hör auf rumzudenken. Das macht es nur noch schlimmer. Du musst rausgehen und leben."

Das sagte sich so leicht. Auch weil Miekes und meine Tage gezählt waren. Bald würde sie zu ihrer Familie an die Nordsee fahren.

Was sollte dann aus uns werden? Aus mir?

Meine Stimmung war tiefschwarz in diesen Tagen. Die ganze Welt hatte sich gegen mich verschworen.

10

Als ich dachte, es könnte nicht mehr schlimmer werden, startete Target seinen Kreuzzug im Netz. Er wolle meine Unschuld beweisen, schrieb er. Auf seinem Profilbild trug er irgendeine giftgrün-silberne Maske.

Robert war es nicht. Lasst ihn in Ruhe.
Gezeichnet Target, der Rächer.

Es dauerte nicht lange und die Ersten schrieben, dass das nur ein billiger Trick wäre. Target wäre ich ja wohl selber.

Du Würstchen. Hast es ganz schön nötig was?

Glaubst wohl du kannst uns verscheissern.

Daraufhin änderte sich Targets Ton.

Ihr dämlichen Idioten, wenn ihr Robert nicht endlich in Ruhe lasst, werdet ihr es bereuen. Target

„Das ist doch komisch“, sagte Mieke. „Wo kommt der auf einmal her und wer ist das überhaupt?“

Ich zuckte die Achseln. Mir war das egal. Ich konnte einen Verbündeten gebrauchen.

Ich bekam jetzt wieder mehr Kommentare. Die meisten bezogen sich auf Target. Fast alle glaubten nach wie vor, dass ich selbst dahinterstecken würde. Blöderweise hatte ich das Gefühl, dass Target tatsächlich meine Unschuld beweisen könnte. Das war natürlich Schwachsinn. Denn es kam nicht viel außer Kommentaren wie:

Robert war es nicht. Ich kenne den wahren Schuldigen.

Ich schrieb Target an und versuchte herauszubekommen, ob er den Schuldigen wirklich kannte. Aber er hielt mich hin:

Du wirst es schon noch erfahren.

Dafür gab es weiterhin böse Kommentare und eines Morgens hatte Target gepostet:

Ich habe euch gewarnt. Ihr solltet Robert in Ruhe lassen. Jetzt müsst ihr dafür büßen. Wer nicht hören will, muss sterben.

Sofort wurde meine Seite mit Kommentaren überschüttet.

Du bis vol krank ey. Du musst in Irenhaus.

Ich postete auf Targets Seite, er solle mit diesem Scheiß aufhören. Doch er reagierte nicht.

Als ich eines Morgens im Englischunterricht saß, wurde ich zum Direktor gerufen. In seinem Büro standen zwei Männer, die ich nicht kannte.

„Sind Sie Robert Mirbek?“, sprach mich einer der Männer an. Ich nickte mechanisch. „Wir sind von der Polizei und würden uns gern mit Ihnen unterhalten.“

Ich nickte wieder. Mein Kopf war leer.

„Es geht um die Kommentare auf Ihrer Facebook-Seite.“ Er sah mich lauernd an. Ich kam mir vor, als würde ich vor einem Test sitzen, für den ich nicht gelernt hatte.

„Sind Sie Target?“, fragte der andere jetzt. Ich öffnete den Mund, um etwas zu sagen, aber es kam nichts raus.

Sie riefen meine Eltern an, dann fuhren wir zu unserer Wohnung. Meine Eltern waren bereits da. Wir setzten uns alle ins Wohnzimmer.

„Wir haben Grund zu der Annahme“, begann der eine Beamte, „dass Ihr Sohn unter dem Pseudonym ‚Target‘ im Internet Drohungen gegen andere ausstößt und möglicherweise einen Amoklauf an seiner Schule plant.“

Zwar hörte ich die Worte, aber sie ergaben keinen rechten Sinn. Es klang eher wie das Rauschen eines Wasserfalls, den ich gerade hinunterstürzte.

„Ist Ihnen etwas aufgefallen? Hat Ihr Sohn sich verändert in letzter Zeit?“

Mum machte große Augen und sah mich unentwegt an. Papa schoss mir böse Blicke zu.

Sie schüttelten gleichzeitig die Köpfe, als hätten sie sich abgesprochen.

„Willst du es nicht zugeben?“, fragte der eine plötzlich. „Du machst es dir und deiner Familie unnötig schwer.“

„Ich bin nicht Target“, sagte ich lauter als beabsichtigt.

„Dein Lehrer …“, er holte umständlich einen kleinen Schreibblock aus seiner Hose und las, „… ein Herr Leiser hat gesagt, er hätte mit dir und einer Annika und einem Björn ein Gespräch geführt. Dabei ging es um ein Foto der beiden, das du ins Internet gestellt hast.“

„Habe ich nicht“, sagte ich.

„Als keine Einigung bei eurem Gespräch erzielt wurde“, fuhr er fort, ohne auf meinen Einwand einzugehen, „hast du damit gedroht, dir was anderes zu überlegen. Was meintest du denn damit?“

„Das habe ich doch nur so dahergesagt“, sagte ich verzweifelt. „Ich habe das Foto doch gar nicht gemacht.“

Der Polizist winkte ab. „Darum geht es hier nicht.“

„Ich habe niemandem gedroht und ich bin nicht Target“, sagte ich verzweifelt, doch ich hätte genauso gut mit einer Wand sprechen können.

„Haben Sie etwas dagegen, dass wir uns mal in Roberts Zimmer umsehen?“, fragte er an meine Eltern gewandt.

„Ja, ich habe etwas dagegen“, sagte ich, doch Papa sprang sofort auf.

„Ich bringe Sie hin."

Das war wie ein Schlag in die Magengrube. In diesem Moment war er nicht mein Vater, sondern nur der verlängerte Arm der Polizisten.

Mum und ich blieben auf dem Sofa zurück. Eine Träne lief ihr die Wange herunter, was wie eine stumme Anklage wirkte.

„Ich war es nicht", sagte ich leise. Mum reagierte nicht. Nach einer Weile tauchten Papa und die beiden Polizisten wieder auf. Einer hatte meinen Computer unter den Arm geklemmt. Der andere stöpselte gerade die Kabel aus unserem Computer im Wohnzimmer.

„Haben Sie noch weitere Geräte?", wollte der eine wissen. Zähneknirschend holte Papa seinen Laptop aus dem Schlafzimmer. „Wir werden sie möglichst schnell von unseren Technikern prüfen lassen", versicherte er und legte Papa einen Zettel hin, den dieser zu unterschreiben hatte.

Zum Abschied sagte einer der Beamten: „Dein Handy brauche ich auch", wobei er mir die offene Hand vor die Nase hielt. Ich gab es ihm.

Als wir allein waren, versuchte ich Mum und Papa zu erklären, was alles passiert war. Papa winkte ab.

„Dir kann man doch nichts mehr glauben." Sein Gesicht war weiß vor Wut. „Dass du so ein feiger Lügner bist, hätte ich nicht von dir gedacht."

„Martin", sagte Mum scharf. „Du weißt doch gar nicht, ob der Junge schuldig ist."

„Ja, nimm ihn nur in Schutz. Du hast ihn ja schon immer verwöhnt. Kein Wunder, dass er nicht klarkommt im Leben."

„Martin", sagte Mum scharf.

„Du bist eine einzige Enttäuschung", fuhr mein Vater an mich gewandt fort. „Du versaust dir deine Basketballkarriere mit diesem Scheiß, und du …"

„Du meinst wohl deine", schrie ich zurück.

Er sah mich wütend an.

„Du wolltest doch immer, dass ich gut bin im Basketball, weil du selbst versagt hast."

Papas Unterlippe zitterte vor Wut.

„Das lasse ich mir von dir nicht sagen", brachte er mühsam heraus und stürmte aus dem Zimmer. Mum und ich hörten die Wohnungstür zuknallen. Wir sahen uns an. Mum lächelte schief.

11

Die Polizisten fanden nichts Verdächtiges auf meinem Computer oder meinem Handy. Dafür hatten sie rausgefunden, dass Target seine Nachrichten von wechselnden Internet-Cafés in Kreuzberg schrieb. Und einmal auch von einem Computer in meiner Schule, was ihnen als Beweis galt, dass ich doch Target war. Aber sie hatten nichts Konkretes gegen mich in der Hand.

„Wir werden dich im Auge behalten", sagte der Beamte zum Abschied.

Von der Schule wurde ich bis zu den Ferien beurlaubt. Danach würde man weitersehen.

Die Kommentare auf meiner Facebook-Seite waren mittlerweile auf 1283 angewachsen. Ich schwor mir, die nächsten Monate nicht auf Facebook zu gehen.

Seit seinem türenknallenden Abgang war mein Vater nur noch gekommen, um seine

Sachen zu holen. Er schlief mittlerweile in seinem Büro. Die Ehe meiner Eltern war schon länger im Eimer, wie Mum mir und Flo eines Abends verriet. „Es ist nicht deine Schuld", sagte sie zu mir.

Ich fühlte mich trotzdem schuldig und fragte mich, ob ich wohl die ganzen Probleme in die Familie schleppte. Vielleicht gab es, so wie bei Krankheiten, einen Virus. Einen Problem-Virus. Wer den hatte, der verursachte Probleme ohne Ende und steckte seine Umgebung an. Ich war auch so seltsam schlapp und dauernd müde. Ich hatte zu nichts mehr Lust. Mum gab sich Mühe, mich aufzuheitern. Sie kam pünktlich von der Arbeit, kochte für mich und Flo und am Sonntag gingen wir sogar ins Kino. Niemand vermisste Papa und seine schlechte Laune.

Mieke und ich waren, so oft es ging, zusammen in diesen Tagen. Die Zeit raste, in zwei Tagen würde sie abfahren. Ich verdrängte diesen Gedanken.

„Ich schreibe dir", sagte sie. „Es wird ganz sicher wieder alles in Ordnung kommen. Auch mit deinen Eltern."

Ich schüttelte den Kopf. „Eigentlich ist es besser, wie es jetzt ist."

Dann kam der Tag des Abschieds. Ute hatte uns zum Bahnhof gefahren und ließ uns die letzten Minuten vor der Abfahrt allein.

„Ich will nicht, dass du gehst“, sagte ich und drückte sie an mich. Mieke machte sich los, sah mir ins Gesicht und sagte: „Ich komme bestimmt mal wieder nach Berlin.“ Das klang, als wäre ich nur ein Bekannter, den sie vertröstete.

„Aber was ist mit uns?“, wollte ich wissen.

Mieke lächelte traurig, dann strich sie mir mit zwei Fingern über die Wange. „Tut mir leid, dass ich gerade jetzt gehe, wo so viele Probleme auf dich warten. Aber …“, sie brach ab. Was sollte sie auch sagen? Es waren meine Probleme und die musste ich allein lösen.

„Du schreibst mir, wie es dir geht, ja?“, schlug sie lächelnd vor. Ich lächelte zurück, obwohl mir nicht danach war.

Als der Zug einfuhr, küssten wir uns lange, dann machte sich Mieke von mir los. Ich stellte ihren Rucksack und ihren Koffer in den Gang des Zuges. Dann ging ich auf dem Bahnsteig neben Mieke her, die im Abteil nach ihrem Platz suchte. Durch die getönten Scheiben konnte ich nur ihren Umriss erkennen. Als sie ihren Platz gefunden und ihr Gepäck verstaut hatte, pfiff es, die Türen schlossen und der Zug setzte sich langsam in Bewegung. Eine Weile lief ich noch neben dem Zug her, dann wurde er zu schnell.

Ute wollte mich nach Hause fahren, aber ich lehnte ab. Ich wollte jetzt mit niemandem reden. So schlenderte ich eine Weile durch den Bahnhof. Fuhr mit dem Fahrstuhl von oben ins Tiefgeschoss, mit der Rolltreppe in den ersten Stock und stromerte durch ein paar Läden. Ich holte mir ein Eis, das ich aber bald wegwarf. Dann setzte ich mich auf eine Bank und schaute mir die Leute an, die durch das Bahnhofsgebäude hasteten. Jeder wollte weg, wollte irgendwohin und am liebsten wäre auch ich in einen Zug gestiegen und weggefahren. Egal wohin.

Wegen der Ferien sah ich die nächsten Tage kaum jemanden. Ich verkniff es mir, auf Facebook zu gehen. Die Polizei meldete sich nicht. Sie hatte wohl aufgegeben. Ich ging vor allem vormittags raus, da war die Gefahr, jemanden aus der Schule zu treffen, geringer. Ich latschte ziellos rum, erledigte die Einkäufe, die Mum mir aufgetragen hatte, und war gegen Mittag zu Hause. Den Rest des Tages verbrachte ich am Computer und schrieb ungefähr stündlich

Mails an Mieke, die sie erst spätabends beantwortete. Wenn überhaupt. Ich simste ihr auch, aber darauf ging sie gar nicht ein. Sie schrieb dann in ihrer Mail, sie sei mit ihrer Familie am Strand gewesen oder so was und hätte ihr Handy nicht dabeigehabt.

Manchmal saß ich einfach nur am Fenster und sah den dahinziehenden Wolken zu. Wolken können ganz interessant sein. Wenn man sie lange genug beobachtete, konnte man Gesichter entdecken. Manche Wolken zeichnete ich auch ab. Ich berichtete Mieke von den Wolken. Sie fragte, ob ich mich langweilen würde.

Ich schlich noch immer getarnt durchs Viertel: Kapuze tief ins Gesicht gezogen, Sonnenbrille, dazu Kopfhörer. Dann redete ich mir einfach ein, ich wäre Filmstar. An dem Tag, an dem es passierte, war ich gerade auf dem Nachhauseweg. Ich hörte laut Musik und sang leise mit, als mich plötzlich jemand heftig von hinten schubste. Ich stolperte vorwärts, ruderte mit den Armen, verlor das Gleichgewicht und krachte auf den Asphalt. Zum Glück hatte ich mich noch abstützen können, sonst hätte ich mir den Schädel angeschlagen. Dafür brannten meine

Hände. Die Haut war abgeschürft. Ehe ich begriff, was eigentlich los war, bekam ich einen Tritt ins Gesicht.

„Ey, du Schwuchtel“, rief jemand und trat mir in die Rippen. Ich rollte mich zu einer Kugel zusammen und presste die Arme vors Gesicht. Jemand lachte.

„Is ja wie im Film“, sagte eine Stimme.

Ich schlug vorsichtig die Augen auf und blinzelte in Erwartung eines Schlages oder Trittes. Zuerst sah ich nur drei Paar Sneakers und ein Paar ausgebleichte Jeanshosen. Als ich aufsah, erkannte ich Lucien und zwei seiner Jungs. Ich kannte Lucien seit der Grundschule. Er hatte sich darauf spezialisiert, Jüngere und Schwächere abzuziehen. Normalerweise passte ich nicht in sein Beuteschema, aber vielleicht hatte er seine Tilidin-Dosis erhöht und war deshalb mutiger geworden.

Lucien beugte sich zu mir runter. Der Schirm seiner Basecap berührte fast meine Nase. Hinter ihm stand einer seiner Jungs und filmte mit dem Handy.

„Du Scheiß-Psycho“, sagte Lucien halb zu mir, halb in die Kamera. Er imitierte den Akzent der türkischen Jungs, wie viele im Viertel, weshalb es wie „Pschischo“ klang. Lustig war es trotzdem nicht.

„Machst einen auf Amok, was?“, sagte er und trat mir noch einmal in die Rippen. „Das’ mein Kiez hier. Wenn hier einer Stress is, dann bin isch das.“

„Lass den Jungen in Ruhe“, sagte ein Mann.

„Verpiss disch, Alta“, brüllte Lucien. „Sonst liegst du gleisch danäben.“

Doch der Mann ließ nicht locker. „Ich rufe die Polizei“, sagte er ruhig und hielt sein Handy hoch.

Lucien sah aus, als würde er sich gleich auf den Mann stürzen, doch dann wandte er sich mir zu und flüsterte: „Isch komm dir hinterher, Alta, selbs wenn’de im Knast landest wegen Amok und so. Isch mach disch fertig.“ Er zeigte mir den Totschläger, den er in der Hand verborgen hielt. Dann winkte er seinen Jungs.

Ich blieb noch eine Weile liegen, um mich zu sammeln.

„Soll ich einen Krankenwagen rufen?“, fragte der Mann.

„Geht schon“, ächzte ich und hockte mich auf ein Knie. Das kannte ich vom Basketball. Nach Zusammenstößen mit dem Gegner nicht gleich hochkommen. Erst mal den Kreislauf schonen und Stück für Stück auf die Beine stellen. Der Mann stützte mich, als ich aufstand.

„Brauchst du wirklich keine Hilfe?“, fragte er. Ich schüttelte den Kopf und wankte los. Der Mann sah mir besorgt hinterher. Aber ich wollte sein Mitleid nicht. Als ich außer Sichtweite war, ließ ich mich auf eine Bank fallen. Dort hing ich eine ganze Weile, bis die Schmerzen etwas nachließen. Fluchend stemmte ich mich hoch und ging vorsichtig weiter. Hin und wieder musste ich mich an der Hauswand abstützen.

Zu Hause legte ich mich gleich ins Bett, aber meine schmerzenden Rippen scheuchten mich wieder hoch. Ich konnte nicht liegen. Am besten war es im Sessel, wenn ich meinen Rücken nicht zu sehr belastete. So saß ich vornübergebeugt, als würde ich gleich rausfallen.

Als Flo nach Hause kam und mich so fand, fing er an zu lachen. „Ist nicht witzig“, knurrte ich. „Hab 'ne ziemliche Schwalbe mit dem Fahrrad gemacht.“

„Du siehst aus wie Sebastian Vettel, kurz bevor der Schleudersitz ausgelöst wird“, witzelte er.

Als Mum nach Hause kam, tastete sie meine

Rippen ab. Ich schrie auf vor Schmerz. „Ich glaube, die sind angebrochen", sagte sie. „Wir müssen ins Krankenhaus."

Flo links, Mum rechts, schleppten sie mich die Treppe runter zum Auto.

Unterwegs sagte Mum: „Bist du wirklich mit dem Fahrrad gestürzt? Die Abschürfung in deinem Gesicht sieht aus wie das Muster einer Schuhsohle."

Ich erzählte ihr, das sei das Straßenpflaster. Doch ich sah ihr an, dass sie mir nicht glaubte.

„Ist nicht so schlimm, wie es sich anfühlt", sagte der Arzt nach dem Röntgen aufmunternd. „Die Rippen sind geprellt, aber nicht gebrochen."

Mum wuschelte mir durch das Haar.

„Man kann da auch nichts machen", fuhr der Arzt fort. „Du musst dich einfach schonen." Zum Abschied klatschte er mich ab. Ich hasste das, wenn Erwachsene einen auf jugendlich machten.

Auf der Rückfahrt schlug Mum vor, meinen Vater anzurufen. Doch ich hatte keine Lust auf seine Sprüche. Und schon gar nicht auf seine Vorwürfe, die er mir garantiert machen würde. Ich saß hinten im Auto an die Scheibe gelehnt und spürte jedes Schlagloch in den Rippen.

Es dauerte nicht lange und der Film, wie Lucien mich zusammenschlug, war online.

Endlich kriegst du was du verdienst.
LOL!

Am schlimmsten waren nicht meine gebrochenen Rippen oder mein angekratzter Stolz oder die blöden Kommentare. Das Schlimmste war: dass es mir nichts ausmachte. Mir war alles scheißegal. Ich war eben ein Arschloch und das ließ sich nicht ändern.

Am nächsten Tag kam Peppy vorbei. „Na Alter, du siehst ja ganz schön scheiße aus", sagte er zur Begrüßung. Ich winkte ab und trottete in mein Zimmer. Peppy sah sich um. „Mann, du musst mal aufräumen. Wie sieht's hier denn aus?" Er hob demonstrativ den Fuß, um über eine leere Saftpackung zu steigen.

Ich zuckte nur mit den Achseln. Aufräumen war das geringste meiner Probleme.

Peppy warf sich auf mein Bett, dass die Federn quietschten. „Was machst du so?", fragte er.

„Ich mache heimlich Fotos von Leuten, die ich dann ins Internet stelle", sagte ich tonlos.

„Haha", machte Peppy. „Nee, echt mal. Du

musst mal wieder unter Leute. Und mach doch mal den Vorhang auf. Man sieht ja kaum die Hand vor Augen. Wie in einer Gruft."

„Keine Lust", sagte ich.

„Was sagt deine Mum zu allem?"

„Die findet alles genauso scheiße, aber die muss arbeiten und hat andere Sorgen."

Peppy druckste ein wenig herum. „Das mit dem Zusammenschlagen war große Scheiße. Ich meine, was weiß denn schon Lucien? Der ist doch dumm wie Brot."

„Wie ein Brot mit Totschläger", sagte ich, worauf Peppy unsicher grinste.

„Und was ist mit diesem Target?", fragte er.

„Was soll damit sein?", wollte ich wissen. „Der Typ ist doch krank. Der hat alles nur noch schlimmer gemacht."

„Er wollte dir helfen", warf Peppy ein.

„Schöne Hilfe. Der Idiot soll sich einfach raushalten", knurrte ich.

Wir schwiegen eine Weile, bis Peppy sagte, er müsse weiter. Verabredung und so. Wir verabschiedeten uns an der Tür.

„Bis bald, Alter", sagte er und hob grüßend die Hand. Ich nickte und sah ihm nach, wie er die Treppe runterstiefelte.

Später im Bett wälzte ich mich vor Schmerzen von einer Seite auf die andere. Dabei hatte ich das Gefühl, mir selber beim Untergang zuzusehen. Sehen Sie hier. Live und in Farbe: Robert. Geschlagen. Vernichtet.

Aufgeben oder weiterkämpfen, rotierte es in meinem Kopf. Friss oder stirb. Irgendwas in mir weigerte sich einfach so aufzugeben. Ganz tief drinnen war noch ein Rest vom alten Robert. Plötzlich war da dieser Gedanke. Glasklar und nicht aufzuhalten. Wie eine Lawine flutete er meinen Kopf. Ich wusste jetzt, was ich zu tun hatte.

12

Ich würde abhauen! Meiner Familie war ich doch scheißegal. Freunde? Hatte ich längst nicht mehr. Alle hassten mich. Und ich hasste alle. Das Mädchen, das ich mochte, war wieder in seiner Heimat. Mieke! Ich würde zu Mieke fahren. Aber was sollte ich dort? Ach, das würde man dann schon sehen. Erst mal raus. Erst mal weg von allem. Ich konnte es kaum erwarten, dass der Morgen graute. Um sieben Uhr war ich schon auf den Beinen und machte Frühstück. „Was machst du denn hier so früh?“, fragte Mum, die mit feuchten und verstrubbelten Haaren aus dem Bad kam.

„Ich hab sogar schon die Hühner gefüttert“, machte ich einen Witz, worüber Mum pflichtschuldig lachte. Wir frühstückten gemeinsam.

„Ist was passiert?“, fragte Mum. „Du hast seit Wochen ja mal wieder gute Laune.“

Ich erzählte ihr von meinem Plan. Den ich für Mum allerdings etwas abgewandelt hatte.

„Du willst für eine Woche nach Göttingen zu Reimo und dort mit ihm auf dem Wochenendgrundstück seiner Eltern zelten?", fragte sie. Reimo war ein alter Schulkumpel, der vor drei Jahren mit seinen Eltern weggezogen war.

„Ja, ist schon alles mit ihm besprochen", sagte ich so beiläufig wie möglich. Mum wiegte nachdenklich den Kopf. „Warum nicht", sagte sie dann. „Das tut dir bestimmt gut." Ich jubelte innerlich. Ich hätte eine Woche Zeit, ohne dass mir jemand hinterherspionieren würde.

Eine Stunde später hatte ich gepackt und mir einen Zug aus dem Internet rausgesucht. Geld für eine Fahrkarte und Sonstiges bekam ich von Mum. Blöderweise hatte sie mir lediglich das Fahrgeld bis Göttingen gegeben und die Karte mit mir zusammen im Internet gekauft. Dann musste ich eben von Göttingen aus trampen.

Mum brachte mich zum Bahnhof. Als ich im Zug saß und ihr winkte, war ich kurz davor, wieder auszusteigen. Was für eine schwachsinnige Idee. Aber dann sah ich raus auf den Bahnsteig. Ich sah das Gewusel, die lachenden Gesichter, die Sonnenstrahlen, die durch die Halle huschten, und ich freute mich auf die Fahrt. Ich würde wieder anfangen zu leben, beschloss ich. Und ich würde nicht länger Opfer sein.

Zweieinhalb Stunden später war ich schon in Göttingen. Ich fuhr mit dem Bus weiter in die Nähe der Autobahn. Ich wollte Richtung Hannover trampen und von dort aus weiter auf der Europastraße bis nach Zandvoort.

Aus dem Bus ausgestiegen, benutzte ich das Navi vom iPhone, um zum Autobahnzubringer zu kommen. Ich lief nicht lange und bald stand ich da und hielt den Daumen raus. Nach kurzer Zeit hielt einer an. Leider nahm er mich nur bis zur Raststätte mit. Als ich aus dem Wagen stieg, klingelte mein Handy. Es war Mum.

„Hallo", sagte ich gezwungen fröhlich.

„Robert, wo bist du?" Mum hatte Reimos Mutter angerufen. Mein ganzes Lügengebäude war zusammengebrochen. „Bitte komm nach Hause", beschwor sie mich. „Du kannst vor deinen Problemen nicht davonlaufen. Die nimmt man nämlich immer mit, egal wohin man geht."

„Lass mich in Ruhe", sagte ich und schaltete das Handy aus. Ich nahm sogar den Akku raus, damit man mich nicht orten konnte. Wozu brauchte ich überhaupt ein Handy? Das Ding hatte mir nur Ärger gemacht. Ich war kurz davor, es wegzuwerfen. Aber ich brauchte das Navi noch und so steckte ich es in die Tasche. Mittlerweile war es dunkel geworden und die Raststätte hatte sich geleert. Ich ging rein, um eine Cola zu trinken. Da entdeckte ich die Schlagzeile:

Amokläufer auf der Flucht. Der 15-jährige Robert M. hatte im Internet ein Massaker an seiner Schule angekündigt. Jetzt ist er abgetaucht.

Sie hatten auch ein Bild von mir gedruckt. Wahrscheinlich hatte Mum die Polizei informiert, dass ich abgehauen war. Und die hatten das dann an die Presse verraten. Irgendjemand hatte die Geschichte so richtig schön aufgebauscht.

Ich sah mich hektisch um, ob mich jemand erkannte. Aber niemand achtete auf mich. Die Leute waren mit anderen Dingen beschäftigt.

13

Eine Weile stand ich ratlos rum, immer in der Angst, dass sich gleich eine Hand auf meine Schulter legen würde: Du bist festgenommen. Ich schüttelte den Gedanken ab und ging erst mal aufs Klo, wo ich mich in einer Kabine einschloss.

Da saß ich dann fast eine Stunde, bevor ich einen klaren Gedanken fassen konnte: Ich musste weiter.

Diesmal hatte ich Glück. Ein holländisches Rentnerpaar wollte mitsamt Campingwagen nach Amsterdam. Die beiden sprachen Deutsch und fragten mich aus. Woher? Wohin? Warum allein? Ich erzählte ihnen, dass ich meine Familie in Zandvoort treffen würde. Dass sie schon vorgefahren waren, weil ich noch Schule hatte. Die beiden gaben sich mit meinen Erklärungen zufrieden.

„Genieße deine Jugend", sagte die Frau zu

mir und deutete auf ihren Mann. „Man wird so schnell alt."

Wir lachten, ihr Mann drohte uns scherzhaft mit dem Finger.

Ich hätte den beiden gern gesagt, dass die Jugend eine Scheißzeit war, dass es nicht reichte, jung zu sein. Man musste irgendwo dazugehören, und wenn nicht, dann war man am Arsch.

Aber ich glaube, sie hätten es nicht verstanden.

An der Grenze hatte ich ziemlichen Schiss, doch die Polizisten dort winkten uns durch. Den Rest der Fahrt verschlief ich.

Es war bereits Mitternacht, als mich die beiden in Amsterdam vor dem Bahnhof absetzten. Es tat mir ein bisschen leid, sie angelogen zu haben, als ich ihnen nachwinkte.

Ich wollte bis Zandvoort mit dem Zug fahren. In der Nacht fuhr jedoch nichts. Ziellos lief ich auf dem Bahnhof herum. Doch da waren zu viele Polizisten, die jeden verscheuchten, der keine Fahrkarte hatte.

Ich lief durch kleine, dunkle Gassen. Nutten sprachen mich auf Holländisch an. Ich zog meine Kapuze tiefer ins Gesicht und hastete weiter auf der Suche nach einem Schlafplatz. Endlich fand ich einen unter einer Brücke direkt neben einer Gracht, die im Dunkeln leise rauschte. Es roch nach Pisse. Erschöpft schlief ich ein, wachte aber im Morgengrauen schon wieder auf. Neben mir stritt ein Vogelpaar. Selbst bei denen gab es Stress. Von wegen frei wie ein Vogel …

Ich setzte den Akku in mein Handy. Um diese frühe Zeit würde ja wohl selbst die Polizei schlafen und ich wollte nur mal kurz nachsehen. Ich hatte mehrere Mails von Mum und eine von Papa. Er mache sich Sorgen, schrieb er. Hätte er vielleicht früher machen sollen.

Ich klickte mich durch ein paar Zeitungsmeldungen. Alle berichteten, dass ich ein Schulmassaker geplant hätte und nun auf der Flucht wäre. Ein Zeuge hatte mich angeblich auf Mallorca am Strand gesehen, ein anderer in Finnland. Angewidert nahm ich den Akku raus und schmiss ihn mitsamt Handy in den Kanal. Mit einem leisen Blubb versanken sie.

Langsam füllten sich die Straßen. Ich lief zum Bahnhof, kaufte mir ein Ticket und eine holländische Zeitung, hinter der ich mich verschanzte, bis mein Zug ging. Während ich wartete, überlegte ich, wie es weitergehen sollte, wenn ich Mieke traf. Vielleicht könnte ich sie überreden mit mir abzuhauen. Oder … ach was, irgendwas würde mir schon einfallen.

Kurze Zeit später saß ich im Zug. Die Sonne knallte ins Fenster. Ich hatte ein gutes Gefühl und freute mich auf Mieke. Nach einer halben Stunde waren wir schon in Zandvoort.

Ich fragte in einer Bar nach dem Weg zu Miekes Haus. Es lag direkt am Strand, hatte ein Reetdach und einen Garten, der einmal herumlief. Ich wünschte, meine Familie würde während der Sommerferien so wohnen. Ich klopfte, doch es machte niemand auf. Ich ging um das Haus herum in den Garten. Da waren jede Menge Leute. Erwachsene und auch Kinder jeden Alters. Ich sah mich nach Mieke um, entdeckte sie aber nicht. Ein Mann sprach mich auf Holländisch an. Ich sagte ihm, dass ich zu Mieke wolle.

„Bist du Robert?“, fragte er.

„Ja“, sagte ich.

„Ich bin Miekes Vater.“ Er hielt mir die Hand hin. „Henry.“

Wir schüttelten uns die Hand. „Mieke hat mir von dir erzählt und mir ein Foto von dir auf dem Handy gezeigt.“

Ich war auf der Hut. Wusste er auch, dass ich gesucht wurde?

„Sie hat mir gar nicht gesagt, dass du uns besuchen kommst“, fuhr er fort.

„Das weiß sie auch nicht“, sagte ich. Henry sah mich prüfend an. „Ich mache mit meinen Eltern ganz in der Nähe Ferien und da dachte ich, ich könnte Mieke mal besuchen.“

Henry lächelte. „Na hoffentlich bist du nicht enttäuscht.“

Ich fragte ihn, was er damit meinte, doch statt zu antworten sagte er: „Mieke ist am Strand.“

Er brachte mich zum Gartentor, wo er mir den Weg beschrieb. Ich dankte ihm. Als ich eine Weile gegangen war, drehte ich mich um. Henry stand noch immer am Tor und sah mir nach.

14

Mein Herz hüpfte vor Vorfreude. Nach einem kurzen Marsch stand ich auf einer Düne und sah aufs Meer. Es glitzerte blau in der Sonne. Ich schirmte die Augen mit der Hand ab und schaute mich nach Mieke um. Nicht weit von mir entfernt saß sie auf einer Decke und las ein Buch. Gerade als ich zu ihr runtergehen wollte, kam ein Typ aus dem Wasser und steuerte auf sie zu. Er trocknete sich ab und ließ sich dann neben sie auf die Decke fallen. Sie küssten sich. Plötzlich wurde es um mich herum finster, nur Mieke und der Typ wurden auf ihrer Decke wie von einem Flutlicht angestrahlt. Von einem kalten, harten Licht. Das passierte natürlich nur in meinem Kopf, trotzdem dachte ich für einen Moment, dass die Welt dunkler geworden war. Zerstörerischer, giftiger. Ich stand da wie zu Stein erstarrt. Man hätte mich nehmen und wegtragen können. Ich hätte es nicht bemerkt.

Dafür wurde Mieke auf mich aufmerksam. Sie schob den Typen weg, erhob sich und sah zu mir rüber. Als sie winkte, wollte ich zurückwinken, aber mein Arm gehorchte mir nicht mehr. Mieke sagte etwas zu dem Typen, dann kam sie auf mich zu.

„Was machst du denn hier?", fragte sie, während sie die Düne hochstapfte. „Ich bin der neue Leuchtturm", sagte ich, schnippte mein Feuerzeug und hielt es starr in die Höhe. Ich musste aussehen wie eine Witzversion der Freiheitsstatue. Mieke lachte.

„Hoffentlich bezahlen sie dich gut."

„Ist das dein Freund?", fragte ich.

Mieke drehte den Kopf zu dem Typen. Er winkte uns zu. Dann sah sie wieder zu mir und zuckte mit den Schultern. „Du wirst gesucht", sagte sie.

„Willst du ein Autogramm?", fragte ich boshaft.

„Wieso glauben sie immer noch, dass du Target bist?"

„Keine Ahnung", sagte ich nur, drehte mich um und ließ Mieke stehen.

„Robert, wohin gehst du?"

Ich fing an zu rennen. Ich musste so schnell

wie möglich hier weg. Es war alles sinnlos geworden. Niemand wollte mich haben. Ich war einfach ein Stück überflüssiges Fleisch, das früher oder später sowieso in der Erde verrotten würde. Warum also nicht gleich. Ich lief, bis meine Lunge brannte und ich keuchend stehen bleiben musste.

Ich fand mich am Rand einer dicht befahrenen Straße wieder. Meine Augen tränten und ich konnte nur Schemen wahrnehmen, die röhrend vorüberzischten wie eine riesige Metallschlange. Was, wenn ich mich einfach vor das Maul der Schlange werfen würde? Keine Probleme mehr. Keine Schmerzen. Ich würde niemandem mehr im Weg stehen.

Ich tat einen Schritt nach vorn und spürte den Luftzug eines vorbeifahrenden Wohnmobils. Der Fahrer hupte. Plötzlich wurde ich nach hinten gerissen und jemand hielt mich fest. Ich versuchte mich loszureißen, aber der Griff war zu hart. Es war Miekes Vater. „Bist du verrückt?“

Ich war kein Typ, der schnell weinte. Aber jetzt liefen mir die Tränen wasserfallartig aus den Augen.

„So wie du hier alles vollsnotterst, muss man nie wieder sauber machen“, sagte Henry.

„Weinen, Papa. Man sagt weinen in Deutschland“, verbesserte Mieke ihn, die dazugekommen war.

„Aber er snottert trotzdem alles voll.“

Ich musste lachen, worauf ich mich verschluckte. Ich hustete, weinte und lachte wieder. Alles zusammen. Nachdem ich mich ein wenig beruhigt hatte, brachten mich die beiden zu ihrem Ferienhaus. Unterwegs erzählten sie mir, dass Mieke mir gefolgt war und ihren Vater angerufen hatte.

Im Haus angekommen, machte mir Miekes Mutter einen Kakao, während Henry mit Mum telefonierte.

„Nein, nein, es geht ihm gut“, sagte er mehrmals und zwinkerte mir zu.

Ich schlürfte meinen Kakao, wobei mir fast die Augen zufielen. „Deine Eltern holen dich ab. Sie fahren gleich los“, sagte Henry, nachdem er aufgelegt hatte. „Oben ist ein freies Gästezimmer. Du siehst aus, als könntest du eine Dusche vertragen. Und dann schläfst du ein bisschen.“ Er nickte mir aufmunternd zu. Ich hätte ihn am liebsten umarmt.

Mieke zeigte mir das Zimmer. Wir sprachen zwar miteinander, sahen uns aber nicht an. Das war alles so peinlich. Ich hätte gern gewusst, wer der Typ am Strand gewesen war, traute mich aber nicht zu fragen. Mieke räusperte sich. Sie öffnete den Mund, als wenn sie etwas sagen wollte.

„Warum bist du eigentlich hierhergekommen?", fragte sie schließlich.

Ich sah Mieke an. Sollte ich ihr etwa erzählen, dass ich vor meinen Problemen weggelaufen war, um mit ihr in Holland ein neues Leben anzufangen? Das war doch Scheiß, das wurde mir jetzt klar. Ich mochte Mieke, aber ich liebte sie nicht. Und dass wir ein bisschen rumgeknutscht hatten, machte uns noch lange nicht zu einem Liebespaar.

„Ich wollte einfach weg aus Berlin", begann ich. „Es wurde immer schlimmer da." Mieke schwieg und nickte. „Ich hab's nicht mehr ausgehalten."

Mieke nahm meine Hand und drückte sie. So saßen wir eine Weile da, bis sie sagte: „Ich lass dich jetzt mal schlafen."

Nachdem Mieke gegangen war, streckte ich mich auf dem Bett aus und war in null Komma nichts eingeschlafen.

Als ich aufwachte, saß Mum neben meinem Bett. Wir umarmten uns.

„Wir haben uns große Sorgen um dich gemacht", sagte sie, wobei sie mir über die Stirn strich.

„Papa auch?", wollte ich wissen.

Mum nickte. „Er ist unten. Er hat ein schlechtes Gewissen, wie er dich behandelt hat." Ich konnte kaum glauben, dass mein Vater sich über so etwas Gedanken machte. „Soll ich ihn holen?", fragte Mum.

Ich schluckte und sagte: „Ja."

Papa nahm meine Hand und hielt sie eine Weile fest. Wenn ich mich nicht täuschte, glitzerten Tränen in seinen Augenwinkeln. „Wir kriegen das wieder hin, Junge", sagte er.

Henry bot meinen Eltern an in ihrem Haus zu übernachten, aber meine Eltern wollten sofort zurück.

Ich sah Mieke und ihre Familie aus dem Autofenster immer kleiner werden. Ich hatte das Gefühl, dass ich sie nicht wiedersehen würde. Ein Kapitel schloss sich. Dafür würde etwas Neues kommen.

15

„Wir werden uns zu Hause gleich bei der Polizei melden“, verkündete mein Vater kurz vor Berlin. „Wir können dich ja schließlich nicht im Keller verstecken.“ Ich lachte.

Doch das Lachen verging mir, als wir in unsere Straße einbogen. Ein Polizeiwagen stand vor dem Haus. Ich war wieder mittendrin. Hatte der ganze Scheiß, dem ich entkommen wollte, einfach hier gelauert und auf mich gewartet? Als die Beamten uns sahen, stiegen sie aus und kamen auf uns zu.

„Fahren Sie bitte hinter uns her“, sagte der eine streng.

Auf dem Präsidium mussten wir endlos lange warten. Als wir schließlich zwei Polizisten gegenübersaßen, sagte der eine zu mir: „Deine Flucht ist ja eigentlich ein Schuldeingeständnis. Willst du nicht endlich die Wahrheit sagen?“

Ich hatte aber nichts zu sagen, also schwieg

ich. Sie versuchten es noch eine Weile, bis Papa sagte: „Wir gehen jetzt. Sie haben nichts in der Hand gegen meinen Sohn. Alles Weitere können Sie mit unserem Anwalt besprechen."

Zähneknirschend ließen uns die Beamten ziehen und so fuhren wir nach Hause. Papa aß mit uns Abendbrot. Als Flo im Bett war, saßen wir noch eine Weile zusammen und unterhielten uns.

„Ich will nach den Ferien auf eine andere Schule", sagte ich. „Und ich will aus Kreuzberg wegziehen."

„Aber du lebst doch gern hier", warf Mum ein. Ich lachte auf. „Für die Leute hier werde ich immer Robert der Verräter sein. Robert das Opfer, das man ungestraft verprügeln darf. Robert, der keine Freunde mehr hat."

„Du findest neue", sagte Papa. Ich seufzte. Sie hatten keine Ahnung. Es war wohl schon zu lange her, dass sie jung gewesen waren. Vielleicht war es zu ihrer Zeit aber auch anders gewesen. Nicht so hart. Heutzutage darfst du dir weniger Fehler erlauben.

„Wir werden das alles noch in Ruhe besprechen", sagte Mum und nickte meinem Vater zu.

„Ja", sagte dieser. „Wir werden eine Lösung finden."

Papa verabschiedete sich. Er wohnte bei einem Freund um die Ecke.

Als Mum ins Bett gegangen war, rief ich Facebook auf. Ich wollte nicht, aber der Sog war stärker.

Es hatte sich nichts geändert. Beschimpfungen ohne Ende. Seitdem ich als Amokläufer auf der Flucht galt, waren die Kommentare noch schlimmer geworden.

Dich sollte man abmurksen.

Du gehörst in KZ.

Auch Target hatte sich wieder gemeldet. Er schrieb:

Robert, die Geschichte ist außer Kontrolle. Am besten lassen wir Gras über die Sache wachsen.

Plötzlich musste ich stutzen. Wieso schrieb er wir? Was hatte Target damit zu tun? Konnte es jemand sein, den ich gut kannte? Jemand aus meinem Umfeld? Vor lauter Aufregung wanderte mein Herz in meinen Hals und stolperte dort vor sich hin. Ich wusste, ich stand kurz vor der Auflösung, mir fehlte nur ein Puzzleteil. Immer wieder starrte ich auf Targets Profilbild. Auf diese giftig-grüne Superheldenmaske. In meinem Kopf klingelte eine Alarmglocke. Und je länger ich die Maske ansah, desto schriller läutete sie. „Superheld?", sagte ich mehrmals laut.

Und dann hatte ich es plötzlich. Das war keine Heldenmaske aus einem Comic. Das war eine mexikanische Wrestlermaske. Ich kannte jemanden, der auf so was stand: Peppy! Jetzt wurde mir alles klar. Und Peppy war nicht nur Target. Eins fügte sich zum anderen. Peppy war auf der Party gewesen und hätte mein Handy nehmen können. Und er war in Annika verknallt. Wie hatte ich nur so blöd sein können? Das mit der Maske hätte mir längst auffallen müssen.

Wenn Peppy in diesem Moment neben mir gesessen hätte, hätte ich ihm eine reingehauen. Wie konnte er so was tun? Wir waren beste Kumpels. Wir erzählten uns jeden Scheiß, wir waren, zusammen mit Bix, wie Brüder. Ich weckte Mum und erzählte ihr davon. Sie saß aufrecht im Bett und sah mich mit großen Augen an.

„Wir gehen sofort zur Polizei“, sagte sie.

„Wir können das nicht beweisen“, sagte ich.

„Dann ruf Peppy an, er soll sofort kommen.“

Ich sah auf die Uhr und dann zu Mum. „Es ist halb zwölf“, sagte ich zweifelnd.

„Egal“, sagte Mum. „Peppy treibt sich doch immer irgendwo bis spät rum. Los, ruf ihn an, er soll sofort kommen.“ Sie sprang aus dem Bett.

Ich rief Peppy an. „Mensch, Alter, bin ich froh, dass du noch lebst“, rief er. Im Hintergrund war Gegröle zu hören.

„Wirklich?“, fragte ich. „Vielleicht wär es dir ja lieber gewesen, wenn ich für immer verschwunden wäre.“

„Was redest du denn?“, sagte er.

„Ich weiß alles“, sagte ich. „Ich weiß, dass du Target bist. Und du hast das Foto gemacht.“

„Spinnst du?“, rief er. „Wie kommst du denn darauf?“

„Ich weiß es eben“, sagte ich.

„Woher willst du das denn wissen?“, fragte er. Ich ging nicht darauf ein.

Mum tauchte neben mir auf und lauschte. „Wenn du nicht innerhalb einer halben Stunde hier bist, rufen wir die Polizei“, rief sie über meine Schulter in den Hörer.

Danach rief Mum Papa an, er solle kommen.

Zuerst stand Peppy in der Tür. Er trat unruhig von einem Fuß auf den anderen. „Hör zu“, sagte er. „Nur weil ich hier bin, heißt das nicht, dass ich wirklich dieser Target bin. Ich will euch nur helfen.“

Mum und ich gingen nicht darauf ein. In diesem Augenblick klingelte Papa. Wir drei setzten uns aufs Sofa. Peppy nahm auf einem Stuhl gegenüber Platz. Er setzte sich nur mit einer Arschbacke hin, so als wollte er gleich wieder aufspringen.

„Was solln das hier werden? So ’ne Art Familiengericht?“, fragte er lahm.

Mum, Papa und ich sahen uns an. „Genau“, sagten wir wie aus einem Mund.

„Witzig“, sagte Peppy. „Ihr solltet beim Supertalent auftreten.“

„Du bist echt das Letzte“, zischte ich.

„Ihr könnt mir nichts beweisen“, sagte Peppy kalt.

„Du kleines Arschloch, ich werde dir gleich …“, fuhr Papa auf.

Mum legte ihm die Hand auf den Arm und beugte sich vor. „Peppy, hör mal. Ich glaube nicht, dass du das mit böser Absicht getan hast.

Vielleicht sind dir die Dinge außer Kontrolle geraten und dann wurde es immer schwerer, da wieder rauszukommen."

Peppy schwieg.

„Du hast Robert für deine Fehler büßen lassen. Peppy, überleg doch mal. Macht dir das denn gar nichts aus?" Sie sah ihn durchdringend an. Peppy studierte jedoch aufmerksam die Tischdecke, als würde da sein Text stehen.

„Peppy, du bist doch gar nicht so", sagte Mum leise.

Das löste etwas in ihm aus. Er sackte regelrecht zusammen, wie ein Ballon, dem man die Luft rausgelassen hatte. Peppy presste sich die Hände vor das Gesicht und fing an zu schluchzen. Mum stand auf und legte den Arm um ihn. Es dauerte eine Weile, bis Peppy wieder sprechen konnte.

„Es tut mir leid, Robert", schluchzte er, ohne mich anzusehen. „Scheiße. Ich wollte Annika eins auswischen. Und da lag das Handy. Ich weiß auch nicht, wie ich auf diese Scheißidee gekommen bin. Ich wusste ja, dass es dein Handy ist, aber ich hab nicht weiter nachgedacht." Er sah mich an. „Was macht die blöde Schnalle auch mit diesem Idioten rum?"

Das war mir so was von egal und das sagte ich Peppy auch. Er schluchzte noch ein bisschen leise vor sich hin.

Nachdem wir uns alle etwas beruhigt hatten, sagte Mum: „Du wirst die Sache in Ordnung bringen, Peppy. Ich verlasse mich auf dich." Er schluckte, nickte aber dazu.

Mum schickte Peppy nach Hause, Papa ebenfalls und mich ins Bett. Aber ich konnte nicht schlafen. Woher wusste ich, ob Peppy die Geschichte tatsächlich wieder in Ordnung bringen würde? Vielleicht hatte er das nur aus Angst gesagt. Bei Tageslicht würde er seine Meinung vielleicht ändern.

16

Peppy hatte Wort gehalten. Als ich am Morgen mein Facebook-Konto auscheckte, hatte er alle Schuld auf sich genommen. Er schrieb, dass er versucht habe mir als Target zu helfen. Und dass er die Drohung in die Welt gesetzt habe, weil ihm niemand glaubte, dass ich unschuldig sei.

Ich habe das Foto gemacht und auf seiner Seite gepostet. Ich weiß, das war blöd. Aber ich war so sauer wegen Annika. Ich wollte mich rächen.
Und dann lag da Roberts Handy und ich habe einfach nicht nachgedacht. Es tut mir leid. Ich wollte Robert nie so tief reinreiten. Irgendwie ist die Geschichte außer Kontrolle geraten.
Ich hatte auch nie vor, wirklich ein Massaker oder so was zu veranstalten oder überhaupt jemandem wehzutun. Ich wusste nicht, wie ich Robert sonst helfen konnte.

48 Beschimpfungen standen bereits unter seinem Kommentar, und noch während ich las, kam die nächste.

Peppy war auch bei der Polizei gewesen und hatte die Sache aufgeklärt. Ein Beamter rief uns an und teilte uns mit, dass die Untersuchungen gegen mich aufgehoben wären. Die Zeitungen schrieben über den Fall. Reporter rannten uns die Bude ein. Ich sprach mit niemandem. Für mich war die Sache beendet. Dafür prügelten jetzt alle auf Peppy ein. Er tat mir fast ein bisschen leid. Jemand erzählte mir, dass Peppy jetzt mit einer Anzeige wegen Erregung öffentlichen Ärgernisses rechnen musste. Und 200.000 Euro Schadenersatz zahlen sollte. Aber das war vielleicht nur ein Märchen.

Später hörte ich, dass Peppy mit seinen Eltern nach Brandenburg gezogen war. Das war Strafe genug, wie ich fand.

Mum und ich zogen aus Kreuzberg weg, nach Mitte, in die Wolliner Straße. Das war von Kreuzberg aus gar nicht so weit, kam mir aber doch vor wie eine Weltreise. Zwar hatten sich viele bei mir entschuldigt, aber es blieb immer etwas zurück. Ich hatte kein gutes Gefühl, durch die Straßen zu laufen. Kurz vor dem Umzug rief

Bix an und wollte sich mit mir treffen. Ich sagte Nein und legte auf.

Das Beste an der Wolliner Straße ist der Weg zur Trainingshalle von ALBA. Denn da spiele ich jetzt. Mein alter Trainer Johnny hatte das vermittelt. Er hatte seine Kontakte bei ALBA spielen lassen und die haben mich dann zum Probetraining eingeladen. Lok Kreuzberg wollte mich zwar wiederhaben. Ich hab ihnen aber gesagt, dass sie mich mal kreuzweise können und gut. Ich habe keinen Hass auf den Verein, aber mal ehrlich: Würdest du zu deiner Ex zurückgehen, die dich rausgeschmissen hat? Vor allem wenn man eine neue hat, die viel hübscher und toller ist.

Papa ist stolz wie Bolle, dass ich jetzt bei ALBA spiele, und erzählt es jedem, der es nicht hören will. Flo ist bei Papa in Kreuzberg geblieben. Er wollte die Schule und seine Freunde nicht wechseln. Das ist in Ordnung für mich. Ich habe auch nichts dagegen, ihn hin und wieder in Kreuzberg zu besuchen. So wie letztens. Da waren wir schwimmen und hinterher ein Eis essen. Als wir da mit unseren Bechern standen, sah ich Annika auf mich zusteuern. Sie sah mich an, als müsste sie überlegen, wer ich wäre, dann wischte sie mit einer Handbewegung mein Handtuch vom Tisch.

„Mist, schlechte Angewohnheit", sagte sie und wurde rot.

Ich hob mein Handtuch auf, brachte Flo nach Hause und verschwand aus Kreuzberg und meinem alten Leben.

FALSCHE FREUNDE

Daniel Höra
CARLSEN CLIPS:
VON WEGEN FREUNDSCHAFT!
Taschenbuch
128 Seiten
ISBN 978-3-551-31975-3

MATTHIS IST NEU IN SEINER KLASSE und hat einen schweren Stand. Für die anderen ist er nur das »Superhirn«. Doch dann freundet sich sein Mitschüler Richard mit ihm an, Wortführer der Klasse und Mädchenschwarm. Da Matthis jetzt unter seinem Schutz steht, lassen die anderen ihn in Ruhe. Matthis ist so froh über diese neue Freundschaft, dass er gar nicht merkt, wie Richard ihn zunehmend manipuliert, ihn immer wieder für seine Zwecke ausnutzt. Als Matthis endlich versucht, sich von ihm zu lösen, eskaliert die Situation …